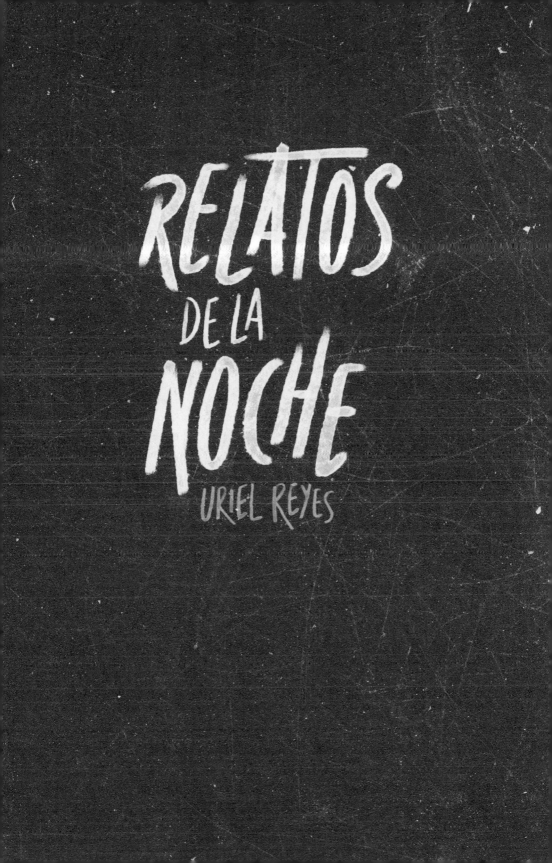

RELATOS DE LA NOCHE

URIEL REYES

SUMA
de letras

Relatos de la noche

Primera edición: octubre, 2023

D. R. © 2023, Uriel Reyes

D. R. © 2023, derechos de edición mundiales en lengua castellana:
Penguin Random House Grupo Editorial, S. A. de C. V.
Blvd. Miguel de Cervantes Saavedra núm. 301, 1er piso,
colonia Granada, alcaldía Miguel Hidalgo, C. P. 11520,
Ciudad de México

penguinlibros.com

ISBN: 978-607-383-620-3

Impreso en Colombia – *Printed in Colombia*

Índice

Prólogo

Los relatos de terror nos brindan un sentido de hermandad porque nos unen en la experiencia colectiva del miedo. Nos transportan a la época en que nuestros antepasados se reunían alrededor de una fogata para compartir historias que encendían la chispa de lo desconocido. Son una parte invaluable de nuestra memoria compartida que confirma que todos somos esencialmente iguales, capaces de sumergirnos en los sobresaltos del otro.

A través de su exitoso podcast *Relatos de la Noche*, Uriel Reyes ha forjado esta conexión, generando una comunidad comprometida que espera ansiosamente cada semana para adentrarse en los mundos oscuros y fantásticos que nos cuenta. Es un honor presentarles este esperado libro, una recopilación de historias cautivadoras y escalofriantes que capturan el mismo encanto y magnetismo que lo han convertido en un referente indiscutible de los cuentos de terror.

Uriel posee una capacidad maravillosa para colocarnos en el centro mismo de una historia, describiendo situaciones y dinámicas familiares tan específicas que se vuelven universales. Sus personajes, meticulosamente construidos, no solo estimulan nuestra imaginación, sino que también nos brindan la oportunidad de reconocernos en ellos, de sentir empatía y de acompañarlos en su intrépida exploración de lo desconocido. Por eso, el miedo que generan se siente tan cercano, porque nos importa su destino tanto como la revelación de nuestro propio ser. En estas ficciones nos permitimos ser más valientes y nos atrevemos a enfrentar de cerca aquello que nos aterroriza, ya sea una pintura embrujada al final de un pasillo o la sensación de haber dejado una parte de nosotros en un pueblo al que preferiríamos no regresar jamás.

Nuestros ancestros viven en las anécdotas que nos legaron, y sentimos la responsabilidad de compartirlas para mantenerlos presentes y, a su vez, conmover y asustar al prójimo. Estas historias son piezas de entretenimiento, sin duda, pero también se convierten en herramientas que aumentan nuestras posibilidades de supervivencia ante un fenómeno demoniaco o la desolación que provoca la desaparición de un ser querido.

Los pasajes más tenebrosos siempre nos deben ayudar a apreciar el milagro de la luz: puede ser desgarrador perder a tus hermanos en un bosque repleto de peligros, pero aquellos que no cesan en su búsqueda nos recuerdan que, a pesar de habitar un mundo en el que la maldad persiste, el amor por nuestros seres queridos es capaz de iluminar la noche más oscura.

Prepárate para embarcarte en un viaje a través de las sombras, donde cada historia se convierte en un espejo que refleja nuestros miedos y anhelos más profundos. Este libro es una invitación a sumergirse en el miedo y a descubrir que, al explorar nuestras pesadillas, podemos

encontrar la fuerza para enfrentar la realidad que se escon-
de detrás de ellas.

Andrés Vargas "Ruzo"

Todas las historias de fantasmas
son historias tristes.

TODOS
LOS ESPÍRITUS
DEL PUEBLO

Hijo:

Te he escrito esto una y otra vez, siempre con la intención de explicarme mejor. La mayoría de las ocasiones incluso he intentado disimular que se trata simple y sencillamente de una historia de fantasmas. Hoy me he dado por vencido, hijo. En algún momento podrás leer esta historia que significa tanto para mí, que habla de lo que soy y de dónde vengo; esta historia que yo no llegaré a contarte y de la que tú irás decidiendo qué creer. Yo, en tu lugar, también dudaría.

Esto te dará una idea de cómo era mi vida antes de terminar por acá en Chicago, donde tuve la fortuna de conocer a tu madre, y de darles a mi familia y a mi madre lo que se merecen. Como has de imaginar, cuando éramos niños, mis hermanos y yo la pasamos bastante duro. Seguramente ya te habrán contado. Alguna anécdota les habrás oído a tus tíos de cómo había veces que nomás comíamos tortilla con chile y de otras tantas que no hubo nada para comer.

Vivíamos allá en San Lázaro, un pueblito perdido en lo más profundo de la Sierra Madre Oriental. Si te soy sincero, no cambiaría nada de esa infancia pobre y feroz que me

17

aventó hacia el norte en cuanto tuve edad para aguantar la caminada en el desierto y cruzar la frontera a como diera. De los ocho muchachos que salimos del pueblo, solo llegamos seis. Quince y dieciocho años tenían esos dos que se nos quedaron en el desierto. Espero que tú nunca tengas que ver morir a un amigo. Y no cambiaría nada, te lo repito. Si no hubiera vivido eso no te habría tenido a ti.

Mi mamá sufrió cada día que nomás hubo tortilla con sal para comer. A veces nos acostaba a las seis de la tarde, con el sol aún pegando en la ventana, para intentar engañar al hambre. Pobre de tu abuela, te habría amado con todo su corazón si hubiera alcanzado a conocerte.

Cuando tenía diez años, así de repente y sin querer, me convertí en el hombre de la casa. Empecé a trabajar como ayudante en la carnicería que estaba ahí en la calle donde vivíamos, y cuando mi mamá se iba a trabajar yo me quedaba cuidando a mis hermanitos. Mi papá se aparecía de vez en cuando por la casa, siempre con la promesa de que ya casi conseguía trabajo, de que pronto vendería el terrenito que le había dejado su abuelo. Pero más que nada iba a la casa para robarse las monedas que me ganaba en la carnicería y volver a desaparecerse. Siempre mi dinero; mi mamá escondía el suyo mucho mejor que yo. ¿Ya sabías? Seguro. Tus tíos no se callan nada y les gusta acordarse del pueblo.

Ahora te quiero hablar de una noche en específico. La noche de agosto en la que supe que todas las leyendas que se contaban en San Lázaro eran verdad.

Aquella noche tuve que salir a buscar a mi padre. Se había comprometido a conseguir el dinero para la cuota de la escuela, pero tenía días que apenas lo veían en el pueblo y ni se aparecía por la casa. La escuela era pública y gratuita, como dicen, pero el director cobraba una "cooperación voluntaria" para poder inscribirte. Tan voluntaria que se ponía a revisar en la entrada el primer día de cada curso, y quien no llevara el recibo de pago de la cooperación, no entraba. En tercero me mandó a la casa para decirle a mi mamá que a ver cómo conseguía lo de la cuota o que mejor de una vez me pusiera a trabajar si éramos tan pobres. ¿Y qué podía hacer uno? La escuela mas cercana estaba en una ranchería bajando la montaña y, según contó algún valiente que lo intentó, por allá tenían sus propias cuotas.

Yo podía perder otro año o ya de plano dejar la escuela y ahora sí entrarle de lleno al jale, pero mi hermano el menor, tu tío Pedro, apenas iba a entrar a primero, tenía que aprender a leer. Ahí en el pueblo la mitad de la gente no sabía hacerlo, sobre todo los más viejos, y fuimos testigos de lo mal que la pasa uno cuando no puede leer ni en defensa propia.

Por ahí de las seis de la tarde Hilario pasó por la casa. Era uno de los mejores amigos de mi papá, y más que amigo, su compadre, padrino de mi hermana. Preguntó por mi mamá y le dije que aún no regresaba del trabajo, que qué se le ofrecía. Me dijo que le había prestado dinero a mi papá para nuestras inscripciones, y que quería asegurarse de que hubiera llegado a casa y no se le hubiera atravesado el chupe. Pero mi papá no había llegado y, en ese momento, supe que tenía poco tiempo para encontrarlo y rescatar lo que quedara. Al menos para la inscripción de mi hermano.

Cuando llegó mi mamá le tuve que borrar la sonrisa que traía y explicarle lo que había dicho Hilario. Vi cómo le fue cambiando la carita. Se puso el reboso y abrió la puerta decidida a salir y buscarlo, pero el viento que se soltó la detuvo en seco. Las piernas de mi madre, cansadas de trabajar todo el día, no pudieron avanzar. Le dije que no y empezamos que ándele, madrecita, que no, que cómo, y que le prometo que lo encuentro y me lo traigo.

Mi mamá dudó, estaban por dar las diez de la noche y aquel viento helado se sentía hasta los huesos. En el fondo ella sabía que no iba a poder detenerme, me dio su bendición y salí. Me hizo prometer que no me metería al monte y que si no lo encontraba pronto regresaría; que no me iría lejos. Tu tío Pedro quiso seguirme. Cuando me alejaba de la casa nomás vi la silueta chaparrita que se dibujaba en la puerta y detrás el resplandor amarillo del fogón que acababa de prender mi mamá.

Así, corriendo y en medio de ese viento que gemía como en las películas de espantos, llegué a la última tiendita del pueblo donde se juntaban algunos de los borrachos del lugar. Les pregunté si habían visto a mi padre y me respondieron que no desde el día anterior, cuando les dijo que se iría a pedir un favor a San Ignacio, un pueblo a una hora caminando de ahí.

Yo estaba bastante flaco y ligerito, y era bueno para correr, así que pensé que si no me paraba a descansar llegaría antes de media hora. Buen tiempo, me dije, y sin agradecerles siquiera a aquellos hombres que despreciaba, salí corriendo mientras los borrachos se reían de mí, o de mi papá, o de todo. No lo sé.

Se me hizo que seguro uno de esos se había echado a correr detrás de mí porque escuché los pasos siguiéndome. No me preocupé de sus intenciones, apreté el paso para dejarlo atrás. Yo iba corriendo tan rápido como podía y uno de esos borrachos no iba a poder aguantarme el ritmo. Pero para mi sorpresa, quien venía detrás de mí seguía avanzando. Salí del pueblo hacia el camino, pero no lo perdía y no lo perdía. Venía corriendo muy cerca de mí. Podía escucharlo y podía sentirlo.

El camino se ponía más oscuro y me entró la desconfianza, sentí que debía comprobar quién era y qué quería antes de alejarme más del pueblo, así que me detuve en seco para darme media vuelta y ver qué se traía o qué, pero cuando volteé no había nadie. Me pareció muy raro, yo venía escuchando los pasos que sonaban claros en la tierra a pesar del viento. Luego escuché como si algo se moviera entre los matorrales, como si alguien se hubiera echado por ahí para esconderse.

Me acuerdo cómo gritaba hacia la oscuridad: "¿Qué te traes, Tomás? ¿Qué te traes?".

Y es que Tomás era un chamaco más grande que yo, de unos catorce años, que ya hacía tiempo le había agarrado por pegarme y me correteaba a la casa nomás porque yo pasaba por su calle, que para mi mala suerte me quedaba de camino para todos lados. Tomás estaba loco, lo habíamos visto matar animalitos para divertirse, y yo sabía que en cualquier momento se le iba a hacer fácil intentarlo con uno de nosotros, que se le iba a botar la canica e iba a terminar matando a alguna de sus víctimas usuales si nos agarraba descuidados en el monte. Esa podía ser la noche y yo no me iba a confiar. Las últimas veces que me correteó me había enseñado una navajilla oxidada que quién sabe de dónde sacó.

Algo se movió entre las ramas, algo grande, tanto que inmediatamente supe que no era Tomás. Luego escuché como si alguien cantara, pero a lo lejos, como si aquella voz viniera del pueblo. Se me aflojaron las piernas del miedo. No sabía qué pasaba, pero no había tiempo y no me convenía quedarme ahí. Seguí corre y corre. No estaba tan lejos de San Ignacio y me iluminaba la luna bien llena de aquella noche.

Ahí me pasó algo muy raro. El canto avanzaba entre los árboles. Una canción de cuna. Así de cerca la reconocí, ya no tenía duda de lo que había creído escuchar un momento atrás: aquella voz era la de mi mamá. Sentí que no era una buena señal y me eché a correr.

En cuanto llegué a San Ignacio no me costó trabajo saber dónde buscar a mi papá, lo único que iluminaba todo el pueblo a esa hora salía de una cantina, una luz neón que anunciaba el precio de la botella grande. El Refugio, se llamaba. Cerraban hasta el amanecer.

Entré y a nadie le inquietó que un chamaco de diez años que aparentaba menos se metiera por ahí, entre los borrachos, buscando a su padre. Debía haber sido una imagen bastante común en el lugar. Me acerqué con el señor que atendía y le pregunté por mi papá. Lo conocía, sí, pero desde la noche anterior no lo veía.

Me dijo que bajó de casa de su compadre Hilario y llegó de buenas a la cantina, con ganas de una cerveza. El señor hizo una pausa larga, como si dudara en darme más información, pero finalmente me dijo que mi padre se había puesto a platicar con una mujer de las de ahí y se había ido con ella ya entrada la madrugada. Me dijo que ella era del rumbo de Las Puertas.

Estaba que me llevaba el tren. Ya había escuchado de Las Puertas; un rincón de San Lázaro que no estaba tan lejos, pero a donde nadie se atrevía a entrar, solo el puñado de personas que eran sus habitantes. La única forma de llegar era un camino lleno de zanjas que se inundaba con la más ligera de las lluvias. Nadie que viviera en alguna de aquellas cincuenta casuchas de Las Puertas tenía carro, así que a nadie le importaba que fuera casi imposible entrar. Era como si prefirieran vivir en un lugar al que ya nadie llegaba. Un lugar perfecto para esconderse.

Mientras pensaba en eso sentí una mirada. Una señora ya muy mayor, de rebozo negro, sentada en un rinconcito, no me quitaba la vista de encima. Me puse nervioso y me acerqué a la puerta. La señora se me atravesó; no sé cómo se levantó tan rápido para ponerse entre la puerta y yo, parecía que apenas y caminaba. Olía a hierbas, a tierra, olía como la montaña sobre la cual estaban aquellos pueblos, y me tomó de los hombros con sus manos huesudas. Me dijo algo que no entendí, en una lengua que no conocía.

El señor que atendía se apresuró a la puerta y me dijo que ni modo, que decía la señora que no me iban a dejar salir de ahí.

La mujer me apretó, me clavó sus dedos en los hombros y, muerto de miedo, como pude me solté y alcancé a llegar a la puerta antes que el señor que atendía. Salí corriendo de ahí sin darles tiempo de reaccionar.

Me fui hacia la calle de atrás, una que te metía en el pueblo, antes de que me vieran, pero sabían hacia dónde me dirigía. Iba a seguir buscando a mi padre. Si querían ir por mí, me tendrían que ir a buscar al camino.

Corrí dos o tres calles hasta una esquina donde no había lámparas y ahí me metí entre los árboles de una casa sin cercos. Ni siquiera sabía dónde vivía el compadre de mi papá para pedirle ayuda. Y me daba vergüenza también. Me daba vergüenza mi papá y tener un miedo como ese, uno que no sentía desde que estaba todavía más chiquito y creía en las brujas. Y ahí, escondido entre los árboles, me puse a llorar. A veces necesitaba hacerlo, pero siempre donde nadie me viera, intentando que no se diera cuenta mi mamá.

El hombre de la cantina me había dicho que no era noche para andarme paseando cuando se dirigió a la puerta para no dejarme ir. Y nadie lo detuvo; ninguno de los borrachos se inmutó siquiera para ayudarme. Desgraciados. Todos de la misma calaña. Igualitos a mi papá.

Tenía que seguir, ya no me quedaba tiempo que perder, así que me dirigí de vuelta hacia el camino y pasé de nuevo por aquella cantina. Primero me paré al lado, antes de llegar a la puerta, apenas asomándome para ver si no andaban por ahí, cerca de la entrada.

Parecía que no, que estaba libre para seguir. Pero entonces, pasando por ese espacio que iluminaba aquel horrible letrero neón, vi la figura de una señora joven, con las manos en el pecho, parada muy derechita, vestida de negro de los pies a la cabeza, cubierta por un velo que le escondía la cara en una sombra más oscura que toda la noche alrededor. Estaba mirando hacia el camino como si me hubiera escuchado, intuido mi presencia, y volteó con todo el cuerpo dando brinquitos, como si tuviera los pies amarrados, muy juntos. Así empezó a caminar hacia a mí, a brinquitos.

No era nada que me hiciera falta ver. A su cara, me refiero; prefería no verla, así que antes de que llegara a la luz de neón, saliera de las sombras y me la mostrara, yo ya me había echado a correr. Ya casi llegaba a aquel camino que más adelante se hacía intransitable, un camino tan feo que solo era para los que buscaban en Las Puertas algo que fuera más fuerte que el miedo. El camino que a mi papá le atraía.

Ese camino se metía entre los árboles y la luz de la luna llena ya no era suficiente. Tuve que dejar de correr y empezar a caminar. No veía ni dónde iba poniendo cada pie y con cada paso sentía que me iba metiendo más y más en la noche.

Alguien venía detrás de mí, a mi paso, muy cerca. La verdad, prefería que fuera aquella mujer rara, la de afuera de la cantina, en lugar del señor que atendía o la viejita que olía a montaña. Sentía que me acababa de salvar de nunca haber salido de ahí, de ser uno más de los niños que salían a un mandado y que nunca regresaban, lo cual no era muy raro en aquellos rumbos. Avanzaba despacio y sin pausa. Pensaba en que mi mamá ya estaría preocupada. Solo que ya había recorrido mucho, no podía regresar sin haber encontrado a mi papá.

Escuché algo detrás de mí. Empecé a correr sin ver nada, sin saber siquiera si ya había salido del camino, si me iba a topar de frente con un árbol. La luna ya no iluminaba nada debajo de aquel ramerío y algo se me acercó. Mucho. Sentí como si me tiraran el agarrón por la espalda, pero me agaché y solo me llegó el aire de una mano que acababa de rozarme la nuca. Luego algo se metió entre los árboles. Algo grande.

Yo seguí corriendo, tan solo escuchando cómo eso corría entre las ramas al parejo de mí. Un poco más adelante se veía un claro, se acababan las ramas sobre el camino y a lo lejos vi una figura iluminada por una lamparilla apenas visible. Corrí.

La noche se puso por completo azul, más azul que de costumbre, y todo me parecía parte de un sueño. En medio de tanto azul brillaba aquella luz amarilla. La figura que se acercaba era la de un señor viejito, robusto, que venía sobre un burro en las mismas condiciones. Se paró cuando me vio acercarme. Hasta ese momento estaba seguro de que solo me lo estaba imaginando.

25

Con algo de nervios, le pregunté si faltaba mucho para Las Puertas y me sonrió muy raro. Me dijo que no, que me subiera, que se daba la vuelta y me llevaba para allá. Que no eran horas para que un niño anduviera solo en un camino como ese. Súbete, me decía, yo te llevo. Sabía que no debía hacerlo, y es que al igual que la gente en aquella cantina de San Ignacio, este viejo me daba muy mala espina. Le dije que no y se bajó del burro, sacó un machete que reflejó la luz de la luna en mi cara. Lo puso muy cerca de mí y me dijo muy despacio unas palabras que no he podido olvidar: "Si te quieres quedar, quédate, pero te llevas este machete contigo. Eso sí: yo no te recomendaría quedarte". Luego, despacito, me dijo que hiciera como que tomaba la rienda del burro y que volteara disimuladamente hacia la copa de un árbol que había detrás de mí, a la izquierda, casi sobre el camino.

Le hice caso. Me volteé de a poco aunque evité darle la espalda. Tenía razón: allá en la copa del árbol estaba parada la mujer de afuera de la cantina, con un vestido que parecía apretarle los tobillos, muy juntitos; parada en una rama que apenas habría podido sostener a un pájaro de buen tamaño. Agarró el señor y me dijo que la señora me andaba buscando y que me trepara, que ya faltaba poco.

Me subí al burro y el señor caminó al lado, cantando una canción feliz que no recuerdo del todo bien, y de alguna forma me calmó. Un rato después llegamos a Las Puertas. Le pregunté por la cantina del lugar, el único sitio donde podría encontrar a mi padre. Me dijo que no había cantina, pero me señaló la casa de uno de los malvivientes del poblado, una donde, según él, siempre podrías encontrar a alguien que quisiera emborracharse o perderse. La mirada del viejo me resultaba tan triste como sus palabras, me puso el machete entre las manos sin darme oportunidad de negarme y se dirigió de nuevo hacia aquel camino por el que llegamos.

Le grité que no se fuera por ahí, que seguía rondando aquella cosa en el camino. Antes de perderse en la noche se volteó y me dijo que sí, que seguía escondida entre los árboles, pero que no era a él a quien buscaba. Me pidió que me cuidara, y que no regresara solo por ningún motivo. Me dirigí hasta la casa que me había señalado. Entré porque la puerta estaba abierta. Ahí dentro encontré a mi papá. Tirado al lado de otras personas, en los brazos de una señora tan perdida como él. Como pude lo desperté. Aún recuerdo sus ojos llenos de vergüenza. Empezó a llorar diciéndome que no lo hubiera ido a buscar hasta allá. Yo nomás le pegaba en el hombro y le preguntaba cuánto se había gastado, si se había acabado el dinero para la escuela.

Se revisaba las bolsas vacías como diciendo que no mucho, cuando no quedaba nada, y repetía: "Vámonos, mijo. Vamos pa' la casa". Lo ayudé a pararse y ahí lo llevaba, manteniéndolo de pie.

Llegamos al camino. Mi papá se detuvo. Frente a nosotros pasó de largo, como ignorándonos, aquella mujer. Noté que tenía los pies amarrados, pero esta vez no daba brincos. Apenas despegada del suelo, la mujer flotaba.

Mi papá estaba que aguanta, aguanta. No quería que nos impidiera llegar. Parecía que ya sabía de lo que se trataba.

Le dije que no podíamos perder tiempo, que mi mamá nos estaba esperando, que estaría con el pendiente, que si él se quedaba me iba a ir yo solo, pero esa noche fuera como fuera yo iba a llegar con mi mamá.

Se escuchó un sonido de láminas golpeando a lo lejos, por el camino, y luego se vio una luz tenue; era una carcachita de carrocería oxidada que parecía a punto de desarmarse. Se paró junto a nosotros. Era el señor de la cantina, que doña Jesusa lo había mandado y le prestó su carrito que porque ella ya no veía ni manejaba y menos a esas horas.

Mi papá muy enojado le preguntó que por qué mandaba a recogerlo, si lo había corrido de la cantina, y el señor le respondió que no habían mandado por él, sino por mí. Que algo me andaba siguiendo desde que salí del pueblo.

Subimos en silencio y así avanzamos por aquel camino oscuro, lleno de zanjas, en ese carro que apestaba a aceite quemado y cigarro, una peste que solo aguanté porque llevábamos las ventanas abiertas.

Nos llevó hasta la casa. Eran las tres de la mañana, pero mi mamá tenía lista la cena. También al señor de la cantina le tocó un buen caldito para aquel frío.

Se lo llevé como le prometí. Mi mamá me agradeció orgullosa con los ojitos. Yo tenía diez años, pero esa noche le demostré que más allá de lo poco que nos ayudara mi padre, ella ya no estaría sola, por más que se volviera a largar mi papá.

Ante de irse, el señor se acercó y le dijo algo a mi madre. Mi papá ya se había quedado dormido. Mi madre asintió. No sé bien qué fue lo que dijo, pero en las semanas siguientes soñé con aquella señora de la cantina que olía a tierra del monte. La señora de la cantina de San Ignacio. Esa que me había intentado ayudar. Luego me di cuenta de que no eran sueños, pues una vez me desperté tempranito, a eso de las cinco y media, y la escuché hablando con mi mamá, despidiéndose antes de salir de mi casa. Diciendo que ya casi terminaba.

Mi mamá me despertaba siempre por aquellos días con unos tés que sabían a rayos y que solo nos daba a mí y a Pedro, a mi hermana no. Nunca nos dijo de qué eran.

Lo más extraño de todo es que días después de aquella noche, en una de esas raras ocasiones en que mi papá estaba sobrio, le preguntó a mi mamá dónde había encontrado ese machete, el que me dio aquel señor en el camino. Me acerqué para contestarle que era mío, que alguien me lo había dado para que me cuidara cuando lo fui a buscar. Me miró mientras se le empezaban a escurrir unas lágrimas gordas por los cachetes.

Decía que no le echara mentiras, que dónde lo había ido a encontrar, que era de mi abuelo y tenía sus iniciales, las mismas que las mías, ahí en el mango. Dijo que cuando se cayó por el barranco en el burro lo habían buscado durante días y días y que no habían encontrado ni el morral ni el machete. Ese mismo machete. Que le dijera quién me lo había dado, porque seguro el muerto de hambre que me lo pasó era el mismo que se lo llevó en lugar de ayudarlo.

La mirada le había cambiado. Ahora era de odio. En ese momento lo entendí. Pensé en describirle a aquel viejito, pero no lo hice. No se lo merecía. Le dije que no recordaba y nada más. Mi papá siempre pensó que me topé aquella noche con algún ladrón de los caminos, pero yo sé que fue alguien más. Aun así, cuando por fin nos fuimos de aquel pueblo mi madre, mis hermanitos y yo, le dejé ese machete en su casa. Yo ya no lo iba a necesitar.

Ya hace muchos años que murió tu abuelo, y me habló gente del pueblo para decirme que me había dejado algo:

un par de fotografías y un machete con sus iniciales. Este jodido cáncer ya no me va a dar tiempo de ir por él, pero ya saben que en algún momento mi chamaco que aún no nace va a crecer y va a regresar al pueblo de su padre por él. Allá te lo van a estar guardando. A lo mejor no vas a creer nada de esto hasta que lo veas. Aprécialo, hijo, porque es parte de mi historia, de la de mi padre y de tu bisabuelo. Siempre tráelo contigo mientras andes en San Lázaro. No vaya a ser que te topes con algo una de esas noches azules que parecen sueños. Una de esas noches cuando el viento suena como en película de espantos y se despiertan todos los espíritus del pueblo.

DETRÁS
DEL VIDRIO

Apenas eran las nueve de la mañana cuando Alicia me llamó.

—¿Puedes venir a la casa del abuelo? Encontré algo que tienes que ver en persona —me dijo. Puse un montón de pretextos para no hacerlo. Al final no logré evitar el viaje hacia aquella casa de Valle de Bravo. Detestaba perder mis días de esa forma y los asuntos de la familia francamente me aburrían. Por si fuera poco, no era una casa a la que me gustara regresar, sobre todo porque mi tía Andrea se había apoderado de ella. Treinta años nos mantuvo alejados con sus brujerías y locuras. Ahora había muerto y, para sorpresa de todos en la familia, le dejó la casa a mi hermana, quien se decidió a hacerla habitable para poder venderla o para que la familia la usara los fines de semana.

Todavía no salía de casa cuando Alicia volvió a llamarme para preguntarme si ya estaba en camino, si tardaría mucho en llegar. Cada que hacía funcionar algo viejo de la casa, me llamaba. Cada que encontraba algún objeto de nuestra infancia, me llamaba. Insistía siempre en que fuera, y mis excusas, que eran cada vez más obvias, no la desanimaban en absoluto. Molesto, le dije que iría a mi tiempo y

que tenía que pasar antes a mi oficina en avenida Chapul-
tepec. Subí a mi camioneta y la encendí. Por el retrovisor
pude ver aquel juguete, el coche que por fin había termi-
nado de restaurar por completo y sentí que, si ya tenía que
salir, lo menos que podía hacer era disfrutar del paseo.

La ciudad parecía desierta aquel Viernes Santo. No
pensaba salir, pero ahora, al verla así tan tranquila, me la-
mentaba de no disfrutarla y conducir sin rumbo, sin obligación. En lugar de eso tenía que manejar hasta Valle de
Bravo para atender algún capricho de mi hermana.

Antes de salir de la ciudad ya estaba pensando en
cómo volver. Tenía que ignorar cualquier juego de Alicia que me hiciera quedarme hasta el sábado. Tenía que
volver ese mismo viernes a como diera lugar. Aun así,
no tenía prisa por salir. Antes de hacerlo me di tiempo
para darme una vuelta por Reforma, para verla solitaria.
Por un momento me sentí en otro tiempo recorriendo
esa avenida al lado de mi abuelo en su Mustang del 73,
el mismo que ahora manejaba yo. Un coche que marcó
el destino de mi familia. En él habíamos vivido nuestros
mejores recuerdos al lado del abuelo e, irónicamente, fue
también un Mustang 73 el que le quitó la vida, arrollán-
dolo frente a su casa.

Al menos eso es lo que dijeron los testigos. Todos estábamos dentro, en mi fiesta de cumpleaños. Cuando salimos atraídos por los gritos y el escándalo de los trabaja-
dores de mi abuelo, lo único que alcancé a ver fue su boina
azul cielo a la mitad de la calle, a varios metros de lo que
creo era su cuerpo, aunque no logré ver con claridad.

Supongo que la tía sabía lo mucho que amaba aquel coche, o por lo menos que solo yo me tomaría el tiempo de
restaurarlo como se debía, porque fue la única pertenencia

de mi abuelo de la que ella se desprendió en vida. De eso hacía ya tres años y por fin había logrado terminar con aquel proyecto: llevarlo prácticamente hasta su estado original. Antes de darme cuenta ya atravesaba la Marquesa sintiendo el poder de aquella bestia al llevar a fondo el acelerador mientras ignoraba los mensajes y las llamadas de Alicia.

Tomé sin dificultad y a buena velocidad las últimas curvas del camino. Me frené solo al ver la casa del abuelo al final de la calle. Tenía tanto tiempo sin verla que me asustó el que estuviera exactamente igual que treinta años atrás, que no hubiera cambiado nada.

El portón estaba abierto. Al apagar el coche escuché a lo lejos niños jugar y me puso de malas que mi hermana llevara a sus hijos sin consultar con los demás. Entré a la casa. Me dio un escalofrío oler ahí la loción de mi abuelo, tan clara como cuando se bañaba en ella antes de salir a recibirnos.

Las voces se escuchaban cada vez más fuerte y pude seguirlas hasta la ventana que da al pequeño jardín de la fuente con forma de ángel, mi rincón favorito de ese lugar. Mi mente y mi memoria me hicieron ver el último día que pasé ahí: me vi a mí jugando con Alicia, con mis primos, corriendo de un lado a otro en aquellas vacaciones de Semana Santa, cuando la familia aprovechaba para reunirse. Mi cerebro no pudo enfrentarse a esa casa en la que todo estaba exactamente igual. Hasta la pluma del abuelo, en su estudio, estaba en el mismo lugar.

No éramos tan diferentes mi tía Andrea y yo: ambos tratando de preservar el pasado a través de los detalles.

Le grité a mi hermana, que me contestó desde el segundo piso pidiéndome que me diera prisa y subiera. Cuando lo hice ni siquiera volteó a verme, estaba absorta, observando una foto con detenimiento.

—La tía Andrea dejó esto en un sobre con mi nombre. Al principio no entendí por qué. Es una foto de tu cumpleaños donde yo apenas y salgo. La ignoré, seguí revisando otras cosas, pero algo me hizo volver. La he estado viendo desde hace horas y encontré algo. Ten… quiero que la mires y me digas si lo ves tú también o es que ya me estoy volviendo loca, que me he contagiado de la misma locura que consumió a mi tía Andrea al vivir aquí.

Tomé la fotografía. La escena me era muy familiar porque acababa de verla: la última foto que nos habían tomado en ese lugar; en ella aparecíamos mis primos y yo jugando en aquel rincón del jardín donde pasé tantas tardes de mi infancia, con la fuente en forma de ángel y aquella ventana desde la que hacía un rato me había asomado. Y ahí, justo ahí, me di cuenta de lo que había provocado el terror de mi hermana. También lo podía ver. Asomado por el marco estaba yo, como adulto, observando la fiesta de mi infancia.

Le pregunté a mi hermana cómo lo había hecho. Por qué me había llamado. Por qué intentaba tomarme el pelo, o si todo se trataba de una broma macabra de mi tía Andrea, de esa vieja bruja burlándose de nosotros una vez más.

Confundido salí corriendo del estudio antes de que mi hermana pudiera contestar o intentar detenerme. Atravesé la casa. Escuché las risas y los juegos afuera, detrás de aquella ventana, pero no reuní el valor suficiente para mirar por ella otra vez.

Para cuando llegué al coche no pude contener el llanto. No entendía nada, lo único que quería era salir

de ahí, de esa casa atrapada en el tiempo, volver a la ciudad. Aceleré a fondo para salir de aquella entrada pero
sentí un golpe frente a mí. En el parabrisas se dibujó en
un instante una telaraña de grietas que lo atravesaban de
lado a lado.

Nuevamente pisé el acelerador a fondo para salir de
ahí y volver a casa. Por el espejo retrovisor lo único que
logré ver al alejarme fue una boina azul cielo tirada a la
mitad de la calle.

SANTA CRUZ

En el mundo caminan seres que no deberían hacerlo. Entes de una esencia tan grotesca que ofenden todo lo sagrado con su sola existencia. Somos pocos los desafortunados que tenemos la desgracia de encontrarlos; lo peor es que nunca sabemos cuándo vamos a hacerlo.

Eran las 8:25 de la noche cuando aterricé en el aeropuerto José Martí. La cabeza me punzaba como si el cerebro se me quisiera salir por los ojos. Me despertó la sobrecargo con un tono que sentí molesto, o tal vez solo era el acento cubano. Yo era el único en el avión, con excepción de dos viejos en la primera fila de asientos que estaban vestidos exactamente igual el uno y el otro. Eran unos gemelos de unos ochenta años que me saludaron cuando pasé a su lado.

—Bienvenido a la isla —dijeron al mismo tiempo. Sentí que no había despertado del sueño extraño que había tenido durante todo el vuelo. Durante la noche anterior. Desde semanas atrás.

Me sentí muy lejos de casa, más de lo que había estado antes. Ya había viajado solo: había podido conocer Buenos

Aires, Santiago y Bogotá, cuatro años atrás, en mis tiempos de estudiante universitario; pero esto se sentía diferente. Por alguna razón que no lograba comprender sentía que no iba a regresar, que habitaba aquel sueño extraño del que tenía semanas sin poder despertar.

Revisé mi teléfono y comprobé que no había señal. Sé que hay formas de conectarte a internet desde Cuba, pero no quise buscarlas. Así estaba mejor. Me caerían bien unos días para desconectarme por completo. Lo único que me preocupaba era mi madre; en una carta que le dejé por debajo de su puerta apenas le avisaba que estaría fuera, que no se preocupara por intentar contactarme.

Al salir del aeropuerto me abordaron varios taxistas, todos me ofrecían viajes baratos a La Habana. Supongo que es ahí a donde se dirigen todos los turistas. No muchos buscarán llegar a Santa Cruz, ese grupo de quince casitas al que ni se le puede llamar pueblo, a cuarenta y cinco minutos de Pinar del Río, la ciudad de no más de doscientos mil habitantes que encabeza la provincia del mismo nombre, al occidente de la isla.

Uno de los taxistas me dio confianza, llevaba unos lentes como los de mi padre, de aviador con un tinte amarillento, y un diente de oro. Además de esa confianza instantánea, fue el único que, al decirle que no iba hacia La Habana, me empezó a recitar de memoria una lista de lugares a los cuales me podría llevar por unos cuantos pesos. Le pregunté por Santa Cruz y dudó por un momento, genuinamente confundido, como si le preguntara por un lugar que no existe. Le dije que estaba cerca de Pinar del Río, que tenía anotadas unas instrucciones para llegar, pero tal como lo anticipaba, parecía ser una solicitud que los taxistas del aeropuerto no acostumbraban recibir.

Hizo un cálculo de tres segundos en la cabeza y me dio precio. Supe que era alto, que me lo decía quizás con la esperanza de que le dijera que no podía pagar tanto, pero le dije que sí. Me advirtió entonces que sería un viaje de casi tres horas, más lo que tardáramos en encontrar ese lugar al que me dirigía. Miré mi reloj. Noté que mi vista seguía nublada, veía borroso, pero no lo suficiente para darme cuenta de que llegaríamos cerca de la media noche. No había otra opción. Tenía que llegar cuanto antes.

Nos adentramos pronto en una carretera oscura, en aquel Chevrolet de finales de los cincuenta que el taxista manejaba a toda velocidad, como quien conoce el camino de memoria. Yo no alcanzaba a ver nada al frente, pero decidí confiar.

—Me llamo Gabriel, para servirte —me dijo el taxista—. Y esta es la Martita. No tengas miedo del ruido que hace, no se va a desarmar. Está tan fuerte como en su mejor momento —dijo mientras tocaba casi con cariño el tablero del taxi.

Yo veía los ojos de Gabriel en el espejo retrovisor del que colgaba un rosario de madera. Me miró con atención y preguntó por qué visitaría un lugar como ese que estaba buscando, Santa Cruz, si allá no había nada que buscar; le dije que iba a ver a Rogelio, un viejo amigo de mi padre. Alguien a quien le debía la vida.

—Nos llegaron noticias. Una llamada de esas que desde el timbrazo se sienten tristes. Nos dijeron que el pobre de Rogelio estaba agonizando y era probable que no sobreviviera la noche. Tenía un último deseo: ver a mi padre por última vez, y sabía que era mucho pedirle que viniera hasta Cuba a verlo, pero le debía ese favor. Vengo a ver si de casualidad lo encuentro vivo todavía. Pero el mensaje llegó hace varios días ya. Algo me dice que voy tarde —le expliqué.

El taxista me preguntó, aclarando que no quería parecer entrometido, por qué era yo y no mi papá quien había viajado a buscarlo.

—Hace dos años que mi papá murió, pero no encontramos la forma de avisarle a Rogelio —le dije, y clavé mi mirada en los tres metros de carretera que iluminaban los faros opacos de aquel taxi a toda velocidad.

Gabriel parecía tener más prisa que yo por llegar. De pronto al lado de la carretera aparecía un pueblito, una lámpara iluminando un pedacito de calle, y no podía evitar imaginarme por un momento viviendo en ese lugar, atravesando todos los días la luz tenue de esa lámpara para llegar a casa. Donde viviría el que sería mi mejor amigo o la chica que me gustaría. Cada que me topaba escenarios como ese, tan lejanos, solía perderme en esas posibilidades, imaginarme mi vida si hubiera crecido en circunstancias distintas y ese momento no fue la excepción, pero pronto tuve que cerrar los ojos y pegar mi frente en la ventana. El dolor de cabeza se volvía insoportable a ratos. Se hacía cada vez más difícil pensar claramente.

Cuando recibí las noticias de la salud de Rogelio empecé a actuar en automático; sin dudarlo, sin pensarlo dos veces, sin detenerme un momento para saber si hacía lo correcto. Compré el boleto más próximo a la isla e investigué cómo llegar hasta Santa Cruz. Saqué el poco dinero que me quedaba en la cuenta de banco y al llegar lo cambié todo por pesos cubanos en el aeropuerto. Era poco, pero debía bastar.

Lo más probable, lo esperaba, era que al llegar me encontraría con la noticia de que Rogelio ya había fallecido.

Cuando el dolor en la sien me dejaba pensar en algo, pensaba en eso. Pero debía intentarlo; mi padre tenía una deuda con Rogelio, y yo la responsabilidad de pagarla. En su juventud mi papá vivió por dos periodos en Cuba; el primero de ellos en La Habana, más precisamente en el barrio de Miramar, a unas calles del parque John Lennon, donde le gustaba ir a leer y a escribirle cartas a mi madre mientras el calor tropical se le metía por los poros. Vivió en la casa de un amigo suyo, sociólogo, que había conocido en Ciudad de México. La segunda etapa, ya con veintisiete años, la pasó viajando alrededor de la isla. Cerca de Pinar del Río decidió quedarse, cuando ya no podía más. Se alojó en una habitación de hotel de la que nos detallaba hasta una grieta cerca del techo que dejaba pasar el aire caliente de la isla por las mañanas y los mosquitos por la tarde. Aquella habitación serviría. Esa viga de madera que la atravesaba era perfecta. Esa ciudad funcionaría. Ya estaba suficientemente lejos de su mundo, de todo y todos. Pinar del Río le parecía perfecta para matarse.

Mi papá nunca hablaba al respecto, pero sí escribió, tan descriptivo como era, en el diario que llevaba cada que tenía pensamientos suicidas, con el cual dimos después de su muerte y que ahora llevaba conmigo de vuelta a aquel lugar, cerca del corazón, en la bolsa interna de mi chaqueta. Un documento que leí con miedo, pero que me sirvió para conocerlo mejor. Contaba ahí que una de esas tardes, cuando por fin se decidió a hacerlo, le escribió una carta a mamá, muy diferente a aquellas firmadas desde el parque John Lennon. Dejó todo en orden. Solo necesitaba ser valiente un momento. Eso le iba a bastar. Pero afuera los sonidos de los pájaros, de la gente sobre la calle y de dos perros que parecían juguetear a lo lejos lo convencieron de salir a caminar y ser testigo solo una vez más de lo preciosa que podía ser la cotidianidad cuando tienes suficiente dolor para verla de frente. Quería disfrutar por última vez ese calor dulzón que le subía desde las plantas de los pies. El sol en la cara, cada pequeño sonido de aquella ciudad tranquila que absorbía mejor cuando cerraba los ojos.

Empezó a caminar sin rumbo. Las calles se iban haciendo más calladas hasta que llegó a una carretera y caminó por ella. Seguía a sus pies, que parecían saber a dónde llevarlo. Aunque los coches le pasaban a centímetros, de vez en cuando cerraba los ojos y caminaba así, intentando sentir cada sonido, saborear cada pequeña corriente de viento que le golpeaba la cara. Como si se los quisiera llevar consigo. Quería irse así, sintiéndolo todo tan fuerte como aquel dolor que nunca logró saber de dónde le salía.

Sin darse cuenta se alejó de la ciudad y llegó a un camino que parecía que no iba a ninguna parte. Cuando lo tuvo frente a él no dejó de caminar. Sus pasos, casi autónomos, lo llevaron. Después de un buen rato llegó a Santa Cruz, una hilera de casitas atravesada por una calle estrecha. Al verla no pudo evitar emocionarse por una fracción de segundo. Tenía la sensación de haber estado ahí antes. Cerró los ojos y se concentró en llenarse de los olores de ese poblado. El olor a tierra mojada, a habanos y a café.

La forma en que escribió mi padre al respecto hizo que me sintiera presente en aquel lugar. Escribió cómo la tarde se fue poniendo cada vez más azul y contrastaba con la luz cálida de las velas que se asomaba de las casas. Colores intensos, como si alguien los hubiera pintado sin sutileza ni preocupación para que aquel paisaje pareciera real. Yo no sabía si lo era.

En la última casa a la izquierda alcanzó a ver a un hombre sentado frente a su puerta, aprovechando el clima fresco que le tocaba a esas horas de la tarde. De piel tostada por el sol y pelo blanco, pantalón de mezclilla a media pantorrilla y una camisa blanca de tirantes. Aquel desconocido le saludó a la distancia, hizo una seña para que se acercara y le invitó a fumar. Platicaron hasta que se hizo de noche. Mi papá tuvo que volver a Pinar del Río por aquel camino oscuro cercado por palmas. Pero volvió a caminar hasta allá cada tarde durante una semana. La amistad de Rogelio, que surgió de esas charlas vespertinas con olor a café en las que el hombre veinte años mayor que él le contaba sus historias, le convencieron de no terminar todo en ese lugar y volver a casa.

Rogelio no tenía familia, hacía mucho que lo habían abandonado por razones que no compartió con mi papá, pero lo conocía todo Santa Cruz. No sé hasta qué punto supo que si mi padre había vuelto a México fue gracias a él. Se había reencontrado con mi madre, me había tenido a mí, había inspirado a algunas generaciones de estudiantes que tuvieron la suerte de que les diera clases con esa pasión por la historia que nunca vi en nadie más. Todo, de cierta forma, gracias a aquel hombre que se sentó a platicar de la vida, escondidos en lo profundo de Cuba.

La idea de quitarse la vida, sin embargo, al parecer nunca desapareció por completo. Se mantuvo a su lado, constante, como una voz que le hablaba cada noche de insomnio. Fantaseó con la posibilidad, nos habló hasta cansarse de cómo irse en sus términos era un derecho y, para algunos, una declaración. Aunque al final lo hizo, creo que a mí siempre me definió aquella idea: pensar que mi existencia se debía a la común inercia de dejar las cosas para después.

Tenía que hacerlo en México, dejarle un cuerpo a la gente que lo quería. Ahorrarles la complicación de regresarlo al país, pensó mi padre en aquel momento, en aquel poblado cerca de Pinar del Río. Al final, le tomó veinticinco años hacerlo. Lo extraño fue que cuando por fin lo hizo, la idea no había dejado de rondarme la cabeza. Yo la supe tratar, y bueno, las pastillas ayudan. Sé que estoy dormido, pero aun así las recuerdo, solo dudo de dónde las guardé. ¿En la maleta? ¿En la bolsa de piel que usó mi papá durante toda su carrera como profesor y que robé hace dos días de su estudio? Espero haberlas traído. Sí. Nunca salgo sin ellas.

Desperté cuando estábamos a punto de llegar. Gabriel seguía platicando, parecía que no había dejado de hacerlo pese a que hacía rato que yo había dejado de escucharlo. La Cuba de sus historias se mezcló con mis sueños. O nunca se dio cuenta de que yo me había quedado dormido, o siguió hablando sin parar para no dormirse él. Me avisó que ya estábamos en Pinar del Río, específicamente en el punto de la carretera que yo le había señalado, de donde podríamos empezar a buscar Santa Cruz. Por más que le di absolutamente las indicaciones que entre charlas había obtenido de mi padre, era como si el lugar nunca hubiera sido real. Por un momento dudé, y temí, que solo hubiera existido en los sueños de mi padre.

Además, se nos complicaba buscar en la noche, no había ni una sola luz en aquella carretera a las afueras de la ciudad. Después de media hora encontramos un camino. No sabíamos si era el que estábamos buscando, pero era el único que podíamos tomar: entre palmas, saliendo de la ciudad, que se adentraba en el monte. Al menos teníamos que intentarlo.

—Qué raro —me dijo el taxista, totalmente agotado—. Siento que ya habíamos pasado por aquí, pero no había visto el camino. ¿Está seguro de que avancemos por ahí? ¿En serio se quiere quedar en un lugar como este? —me preguntó confundido y le respondí que sí.

Por primera vez en todo el trayecto avanzó despacio y en silencio, con la vista fija en aquel camino de tierra. Después de un kilómetro y medio vimos una luz al fondo. Una lámpara titilaba mostrando la entrada a una pequeña calle en breves parpadeos. Lo suficiente para saber que habíamos llegado. Nos estacionamos frente a esa lámpara. Debajo de ella, en una placa de madera clavada a la pared de una casa que parecía abandonada, podía leerse: Bienvenido a *Santa Cruz*.

El sonido del estruendoso taxi con nombre de mujer al alejarse por el camino era lo único que interrumpía el silencio de aquella noche. Lejos habían quedado los ruidos de la ciudad.

El calor me abrumaba a pesar de la hora. Había una segunda lámpara que iluminaba el lugar, al fondo de la calle. De algunas casas alcanzaba a salir un resplandor que parecía luz de velas. Ya pasaba de la medianoche, me sorprendía que siguieran despiertos, pero agradecía la suerte de haberlos encontrado así.

Una mujer salió de una de las casas y se me acercó. Detrás de ella, una niña se quedó observando desde la puerta.

—¿Qué buscas aquí? —me preguntó.

—Vengo a ver a Rogelio —respondí. La mujer sonrió.

—Entonces no mentía… nos dijo que vendrían a buscarlo.

Me pidió que la siguiera. Mientras caminaba apenas detrás de aquella mujer que avanzaba despacio, no podía dejar de pensar en que Santa Cruz olía exactamente como lo había descrito mi padre. Por un momento lo pude imaginar a él ahí, caminando por esa calle, de joven, buscando algo sin saber exactamente qué. De alguna forma, me sentía en la misma circunstancia.

—Rogelio se murió el jueves.

Lo dijo sin voltear a verme ni dejar de caminar. Lo cortante de aquella frase me hizo sentir que no había más preguntas que hacer. Era sábado y con ese calor, lo que me preocupó fueron las condiciones en las que encontraría el cuerpo del amigo de mi padre.

Llegamos a una casa alejada de las del resto del lugar. La puerta estaba abierta, pero dentro no había ninguna luz. Ninguna señal de que estuvieran velando a alguien. La mujer se detuvo y me señaló hacia el interior. El olor que salía de aquel lugar era espantoso.

—Mañana lo vamos a arreglar para la ceremonia, no te preocupes. Mañana a esta hora. Tienes que estar —me dijo notando que apenas soportaba aquel olor.

Tomé valor y una bocanada de aire para acercarme a la puerta y verlo desde ahí. Cuando mis ojos se acostumbraron a la oscuridad pude notar la figura de un hombre recostado sobre una camita en donde apenas cabía. Las manos en el pecho. Cubierto por vendas de los pies a la cabeza, solo descubriendo su rostro.

—Esperábamos a tu padre, pero supongo que habrá razones para que seas tú. —Me apretó fuertemente del brazo, tanto que me hizo voltear a verla con algo de dolor. —Tal vez tú tenías que ser quien viniera. El destino es curioso. ¿Crees en él?

Sin responderle me solté, le dije que estaría presente para la ceremonia y luego saldría de ahí. Ella asintió con una ligera sonrisa. Me dijo que podía buscarme un espacio en alguna casa del lugar o a alguien que me llevara al hotel más cercano, en la ciudad. Elegí lo segundo sin dudarlo. Por alguna razón no podía esperar a salir de ahí. La mujer pidió que llegara al anochecer y se alejó. A los pocos minutos un hombre de unos cincuenta años, malencarado, se acercó en una camioneta de carga, muy vieja, y me dijo que me subiera atrás, en la caja. Así lo hice. Por el aspecto de la camioneta y sobre todo por cómo se escuchaba, daba la impresión de que no había andado en años. Desde la caja podía ver cómo el asiento a su lado estaba libre, pero no podía quejarme de no ir ahí. Suficiente favor me estaba haciendo ya al llevarme.

El camino para salir de Santa Cruz y llegar al pueblo se me hizo demasiado largo, quizás por la incomodidad, quizás por las ganas que tenía de salir de ahí y volver a ver un poco de civilización. Me sentí aliviado cuando por fin entramos en la ciudad. La camioneta se detuvo en una calle donde no parecía haber mucho. El hombre me dijo, en muy pocas palabras, que había un hotel a la vuelta. No quise preguntarle por qué me estaba dejando ahí, y no frente al hotel. No tenía sentido. Bajé mi maleta y empecé a caminar.

El hotel era muy viejo pero lo suficientemente cómodo como para olvidarme por un momento de la experiencia tan extraña que acababa de pasar. En la recepción había café. Me serví uno casi por reflejo a pesar de que quería dormir. Necesitaba recargar energía suficiente para aguantar lo que se avecinaba. El domingo sería un día largo. Podía sentirlo.

Desayuné apenas pan y más café de la recepción. No tenía hambre y había pasado una noche espantosa. Tuve un sueño que se repitió una y otra vez durante lo poco que logré dormir: estaba parado frente a la casa de Rogelio, en medio de aquel pueblo extraño, oscuro. Yo sabía que adentro estaba su cuerpo, que no había nadie más, pero escuchaba cómo alguien se levantaba y caminaba dando tumbos por el lugar. Luego sus pasos se acercaban hasta la puerta. Podía ver, dibujándose poco a poco, unos ojos brillantes que resplandecían como los faros de un coche en el horizonte. Los ojos de Rogelio. Cuando estaba a punto de acercarse lo suficiente a la puerta como para poder verlo, el sueño comenzaba de nuevo. Yo llegaba caminando hasta ahí y me detenía nuevamente a unos cuantos metros de su puerta. Intenté no pensar demasiado en él, no buscarle algún significado, pero aún, despierto en mi habitación, la imagen de aquellos ojos apareciendo en la oscuridad de la puerta me angustiaba.

Caminé por la ciudad, solo así pude sacudirme aquella imagen que se repetía una y otra vez. Me senté en un parque cerca del hotel para hacer tiempo mientras caía la tarde. No había nadie. Cuando el sol comenzó a ocultarse busqué un taxi. Cada uno de ellos se marchó en el momento que mencioné Santa Cruz. Detuve a varios, pero la respuesta era la misma. Casi perdía la esperanza cuando un viejo se detuvo, fue el único que se quedó después de escuchar aquel nombre, aunque lo hizo solo para convencerme de que no fuera para allá, para decirme que no tenía nada que buscar ahí, que eligiera cualquier lugar para conocer, menos ese. Le dije que era una cuestión importante, de familia. Noté en su mirada cómo dudaba por un momento, como si se preguntara cuál era la respuesta correcta. Finalmente dijo que me llevaría a la mitad del camino de terracería que llegaba hasta allá. Que era la mejor oferta que iba a recibir, que nadie pasaría de la desviación en la carretera. Acepté.

Ya en el taxi, le pregunté si había alguna razón para que los taxis no quisieran salir de la ciudad y me respondió que con eso no tenían problema.

—Es por Santa Cruz —me dijo—. No sé qué asunto tengas por allá, pero nadie va a ese lugar.

Le dije que me dirigía al funeral de un amigo de mi padre. Alguien a quien en pocas palabras le debía la vida. Me dijo que era bueno saber que alguien aún se moría ahí.

Llegamos a la desviación en la carretera y tomamos ese camino de tierra entre palmas que tanto nos había costado encontrar la noche anterior. Apenas habíamos avanzado unos metros cuando se detuvo. Me pidió perdón. No lo había pensado bien, no podía acercarse más. Le recordé que se había comprometido a llevarme a la mitad del camino, que apenas habíamos dejado la carretera. Me respondió que no me cobraría, pero que no iba a seguir avanzando. Tenía la mirada puesta en algo al frente, en el camino. Algo que tardé un poco en distinguir: una mujer de negro que caminaba en dirección a aquel pueblo. Estaba de espaldas a nosotros y se alejaba.

—¿Es por aquella señora que va allá enfrente? Seguramente va al velorio también. No se preocupe —le dije, pero fue inútil.

—Venimos demasiado tarde. Se nos va a ir el sol en el camino. Me gustaría llevarte de vuelta, decirte que no entres, pero no creo que pueda convencerte si viniste de tan lejos solo para esta noche. Eso sí, si me dejas, al menos puedo contarte lo que se habla de este lugar. Bien pueden ser puros inventos de la gente, pero no pierdes nada con saberlos.

Me miró como esperando una aprobación y asentí.

—Hace un tiempo ya, quizás dos años, contaron que se les perdió una niña ahí en el pueblo. Una primita que dormía con ella decía que una figura como negra había entrado en la noche por la ventana y la había sacado en brazos. Todos se pusieron como locos y la fueron a buscar al monte. Caminaron días buscando. Todos se cansaron, menos su madre, que se alejó de todo. Se adentró en la sierra más que nadie. Seguía buscando porque cada que pensaba que era momento de regresar la escuchaba llorar a lo lejos, en los mogotes, esas montañas de piedra caliza que hay por acá. Subió a uno de ellos, escalando como si fuera un animal. Arriesgaba su vida la pobre. La escuchaba en un hoyo de la montaña, muy alto. Uno no está hecho para aprender a abandonar a los hijos cuando nos necesitan.

Hizo una pausa y volteó a verme.

—Te repito que todo esto es lo que alguien de Santa Cruz, un borrachito, le contó a alguien en Pinar del Río al calor de unos tragos en una cantina a las afueras del pueblo, antes de que se encerraran todos ahí, de que cerraran los caminos y no volvieran a salir. Pero muchos se lo creen, amigo, por eso es que ya no hay taxista que llegue hasta acá. Cuentan que la señora se metió en un túnel, muy profundo, en lo más alto de aquel mogote. Que eventualmente encontró a su niña... aunque ya muy tarde. Cuando regresó a Santa Cruz ya no era la misma. Regresó con algo. No llevaba a la niña, sino un regalo, les dijo a todos. Un regalo para Santa Cruz. La pobre murió al poco tiempo. El borracho que lo contó una noche ya no volvió, y de la gente de Santa Cruz ya no se supo nada. Pasa que a veces la entrada al pueblo en la carretera desaparece entre la maleza, como si la escondieran. Tiraban árboles en el camino.

Ya nadie fue para allá. Algunos compañeros me contaron que ya muy de madrugada veían a algún conocido de Santa Cruz caminando por la carretera. Gente a la que conocían de toda la vida, pero ahora ni les respondían el saludo. Se metían corriendo entre las matas en cuanto se sentían descubiertos.

Me hacían falta mis pastillas. Un dolor en las sienes cada vez más intenso no me permitía concentrarme. ¿Me tomé mis pastillas por la mañana? No entendía de qué hablaba aquel taxista, pero me parecía más el desvarío de una persona que empieza a perder la razón por la edad que una historia real. Algo habría de cierto en aquello, claro, algún detalle, pero era obvio que el señor comenzaba a adornar aquel chisme para hacerlo más interesante. Perdí de vista a la mujer en el camino, y el taxista hizo un último intento de que volviera con él. Le respondí de nuevo que no, aunque agradecí el interés. Bajé del coche y comencé a avanzar por aquel camino.

Apresuré el paso. Parecía que la noche tenía tanta prisa como yo por llegar a Santa Cruz. Unos metros adelante vi la silueta de aquella mujer. Me sorprendió, parecía que hubiera aparecido de pronto y caminaba tan despacio que estaba a punto de alcanzarla. Le di las buenas noches como para avisarle que iba detrás y no asustarla, pero no me respondió, como si no pudiera escucharme. Cuando estaba a punto de llegar a ella salió del camino en un movimiento rápido, extraño, y se perdió entre las palmas. Por un momento pensé que estaba soñando, que era mi imaginación. Pero la imagen fue demasiado real, no como las visiones que llegué a tener en casa, antes de que me medicaran. Me daba curiosidad saber si se encontraba bien, pero se hacía de noche y no sabía cómo respondería a un extraño caminando detrás de ella entre aquel palmar, así que decidí ignorarla y seguir adelante. Lo más importante era llegar antes de que oscureciera por completo. No sabía si la ceremonia que iban a realizar tenía horario, pero no quería que se retrasara por mí: el único "familiar" de Rogelio.

Me tranquilicé al ver el pueblito a lo lejos. Parecía que iba a tiempo, aunque noté que me esperaban impacientes. La mujer de la noche anterior me daba la bienvenida y detrás de ella, una decena de personas. No había niños ni gente joven. No me pareció extraño. Si quedaba alguno en el pueblo seguramente preferirían ahorrarse un velorio. Yo lo haría si tuviera la oportunidad.

—Te estamos esperando, todo está listo —me dijo la señora tomándome del brazo y caminando a mi lado. Su contacto me incomodaba tanto como la noche anterior, como si hubiera en ella una fuerza que mi cuerpo rechazaba por completo. Fuimos hasta la casa de Rogelio, como si de una procesión se tratara. A medio camino me di cuenta de que detrás de nosotros venía una decena de personas con velas entre las manos. En la puerta de la casa esperaba una mujer, de espaldas. Cubierta de negro de los pies a la cabeza. Parecía mantener abierta la puerta.

—Estamos todos —dijo la mujer sosteniéndome esta vez más fuerte del brazo derecho. Otra mano firme me apretó el izquierdo también. Era el hombre de la camioneta en ruinas que me había llevado al hotel la noche anterior. Entre los dos me tomaron con tanta fuerza que me inmovilizaron y antes de que pudiera preguntarles de qué se trataba todo, la mujer de negro abrió la puerta de la casa de Rogelio. —Levántate. Llegó la hora. Acepta el regalo…

La voz que salió de aquella mujer no podía ser humana. Eran cientos de personas hablando a través de su boca. Se escucharon pasos, cosas caer, el estruendo de unos tropiezos. De la oscuridad emergió lentamente hacia la luz de las velas un hombre vendado por completo que, apenas liberándose de las piernas, intentaba acercarse. La mujer le quitó cada venda con cuidado para revelar ante nosotros lo que no podía ser otra cosa más que un cadáver de pie que me atravesaba con una mirada repleta de tristeza.

Yo no podía hablar, por más que intentaba. El miedo era más fuerte que yo. Sabía que ese hombre frente a mí era Rogelio.

—Todos aquí hemos dado algo a cambio de recibir el regalo, todos hemos sacrificado la sangre para poder recibir el don que ella nos trajo de la montaña —me dijo al oído, emocionada, casi orgullosa, la mujer a mi lado—. Rogelio se resistió mucho. Se escondió de nosotros por mucho tiempo, lo encontramos muy débil en la montaña. Con un hilito de vida. No le quedó más remedio que aceptar este don que ahora todos llevamos con nosotros. Pero él no tenía nada que darle a cambio. No tenía a nadie. Y sabía que la única persona que vendría hasta aquí por él era tu padre, pero tú bastarás. Tú no deberías existir, se lo debes. Le debes todo.

Rogelio, lo que quedaba de él, libre de las vendas, desnudo, olfateó como si reconociera una esencia, como si pudiera olerme. Avanzó dos pasos hacia mí antes de caer de rodillas y lanzar un grito, un chillido que parecía más el de una bestia. Las dos personas que me sostenían empezaron a reír; empezaron a hacerlo todos. Cuando los vi de nueva cuenta fue como si lo hiciera por primera vez, y en ese momento reconocí lo que eran. En algunos era más evidente que en otros: cadáveres de pie. Los que me sostenían a mí, los que esperaban detrás de nosotros con velas entre sus manos. Todos lo eran.

—Él pudo olerte desde que te acercabas a Santa Cruz. Tu esencia está ligada a la suya. Servirás. ¿No te da gusto? ¿No ves que tú eres la clave para que acepte el regalo de la montaña? Le debes tu sangre y es momento de pagar esa deuda.

Rogelio se abalanzó hacia mí y yo cerré los ojos esperando sentirlo, esperando el dolor, pero en su lugar sentí cómo tomó al hombre a mi lado. Abrí los ojos. Rogelio mordía su cuello, sacudiéndolo de un lado a otro, como hacen las bestias para matar cuanto antes a sus presas. La mujer me soltó para tratar de contenerlo, pero no lo logró. Rogelio mordió a aquella mujer en la cara, arrancando con facilidad la mitad de su rostro, y esta lanzó un grito de dolor. El resto empezó a girar alrededor de aquella pelea como un grupo de animales temerosos de atacar, y yo corrí a través del pueblo para llegar de nuevo al camino que me había llevado hasta ahí.

Escuché cómo algo saltaba por los techos de las casitas. Eran varios, no sé cuántos de ellos me seguían de cerca desde allá arriba. A lo lejos escuchaba gritos de dolor, de aquella mujer, también los de varios hombres, quizás los de Rogelio. Los sonidos de bestias peleando hasta la muerte.

Yo no dejaba de correr, avanzaba sabiendo que me faltaba kilómetro y medio de camino para llegar hasta la carretera. Avanzaba sabiendo que me iban a alcanzar, que en cualquier momento iba a sentir sus garras de nuevo sosteniéndome con una fuerza que no podía eludir. Pero en ese momento reconocí la brecha. Aquella entrada por el palmar a donde se había metido la mujer que el taxista y yo habíamos visto. Algo me dijo que tendría más oportunidad de sobrevivir escondiéndome ahí que intentando llegar a la carretera.

Sin dudarlo corrí entre el palmar. Las hojas me golpeaban la cara con fuerza, me arañaban, y escuchaba chillidos a la distancia. Gruñidos. Voces. Se acercaban.

Entre algunos árboles, escondidos debajo de ramas cuidadosamente colocadas, encontré varios coches. A uno de ellos lo reconocí. Un taxi, un Chevrolet de finales de los cincuenta. El taxi con nombre de mujer que me había llevado ahí desde el aeropuerto la noche anterior. El taxi de Gabriel. La cajuela estaba entreabierta, había una manta en ella. Supuse que la usaba el pobre para descansar entre viajes cuando trabajaba de madrugada. Me metí en la cajuela cerrándola con fuerza, me envolví en aquella manta y recé. Aunque no era creyente, recé. A Jesús, a Buda, al universo. A cualquier deidad que me escuchara.

Mis sienes punzaban. Un dolor en la cabeza se convertía en un zumbido insoportable que apenas me dejaba escuchar a aquellos cadáveres vivientes que chillaban en el camino, entre los árboles. Que pasaron entre los árboles buscando desesperados. Lo único que quedaba era rezar por que no hubieran sido ellos los que escondieron aquellos coches entre los árboles. La mujer me había dicho que Rogelio me había olido apenas con acercarme a Santa Cruz, que mi esencia estaba ligada a la suya. Recé también para que solo él fuera capaz de percibirla.

No sé si fue el dolor en las sienes o mi cuerpo incapaz de soportar el miedo, pero en algún momento perdí el conocimiento, luego una luz en la cara me despertó. El sol se colaba por un pequeño agujero que daba hacia el asiento del conductor. La mañana no me hizo sentir a salvo, pero sí al menos con la oportunidad de escapar de aquel lugar si llegaba a la carretera. A patadas me abrí paso por el asiento. El resto del taxi estaba lleno de sangre seca. Algunos de los coches estaban descubiertos. Aquellas bestias buscaron de cerca, estuvieron a punto de encontrarme.

Nunca había sentido los rayos en el rostro de una forma tan contundente. El sol de un día que no me tocaba vivir. Con la luz me di cuenta de que no había llegado lejos, estaba más cerca de lo que pensé de aquellas hileras de casitas que formaban Santa Cruz. Incluso de día parecía ser parte de un sueño. Mío o de mi padre. Una especie de zumbido casi eléctrico salía de ahí, algo que me hacía saber que lo que fuera que me siguió ayer no se había ido para siempre. Que estaban ahí, escondiéndose de la luz.

Sin acercarme al camino de tierra, avancé entre la vegetación y caminé hasta la carretera. No pasó ni un solo taxi. Tan solo algunas camionetas de carga que no se detuvieron cuando pedí aventón. Supuse que era normal por mi aspecto. Ahora era yo el que parecía un muerto viviente.

Caminé hasta el hotel y empaqué rápidamente mis cosas. Sentía como si algo faltara dentro de mí, como si algo se hubiera quedado en Santa Cruz. Me recosté en la cama. El cansancio y aquella extraña sensación hicieron que un parpadeo para descansar se convirtiera en una profunda siesta de varias horas. Desperté cerca de las cinco de la tarde. Me quedaba el dinero suficiente para pagar el hotel y pedir un taxi que me llevara lo más rápidamente posible directo hasta el aeropuerto de La Habana. Tenía un mal presentimiento. Sentía que algo salido de aquel poblado vendría por mí. Quizás era el miedo, pero me convencí de que si no salía de la isla antes del atardecer no lo haría nunca.

Durante el camino cerré los ojos, me recosté en el asiento trasero y fingí que dormía. Como si pretender lo suficiente fuera a convencer a mi cuerpo de que no estaba aterrado. La cabeza, de nuevo, comenzaba a dolerme hasta el punto de no dejarme pensar.

Respiré cuando, aún acostado, alcancé a ver por la ventana las luces de la llegada al aeropuerto. Corrí para buscar el siguiente vuelo a México. Había asientos disponibles en uno que ya se encontraba abordando. Un fuerte zumbido me aturdió, solo yo parecía sentirlo. Algo estaba cerca. Pagué y corrí para pasar migración y los controles de seguridad. Las puertas del avión estaban a punto de cerrarse cuando llegué. Corrí por el camino a la pista mientras una sobrecargo esperaba al final de la escalera. Su silueta delineada por la luz a sus espaldas me recordaba a la niña en la puerta de su casa en Santa Cruz. ¿Quién era? ¿Estaba a salvo? ¿Había alguien a salvo ahí?

El avión estaba prácticamente vacío. Tomé mi lugar en la ventana. El zumbido de nuevo hizo que las sienes me punzaran y se me escapó un quejido de dolor que intenté disimular mientras la sobrecargo hacía la demostración.

Algo golpeó en el avión. Un golpe pequeño. El avión continuó normal, pero noté la mirada confundida de la sobrecargo. Intentaba mirar por la ventana pero no logré ver más que el reflejo del interior. Afuera ya estaba por completo oscuro.

Ese instante, al estar listo para despegar, ese último momento en la pista en que el piloto espera la autorización de la torre de control, me pareció eterno.

Por fin despegamos y vi cómo dejábamos el aeropuerto a través de la ventana. Había decenas de grupitos de luces, cualquiera de esos podía ser Santa Cruz. Cualquiera de esos podría estar a punto de recibir aquel regalo de la montaña. Intenté dormir, pero las sienes las sentía reventar. La altura me había tapado los oídos por completo. El avión se sacudió. Estábamos pasando por una turbulencia. Se sacudió de nuevo, esta vez tan fuerte que una mujer en la parte de adelante lanzó un pequeño grito de terror. Las luces estaban apagadas. El piloto avisó que permaneciéramos en nuestros asientos. Por la ventana ya no se veía nada, habíamos dejado atrás la isla. Cerré los ojos. Recliné mi asiento. Al fin podría descansar. Sin embargo, la sensación de algo ausente me invadía. ¿Era solo mi ansiedad?

Toqué la bolsa interna de mi chaqueta. Algo faltaba. En algún lugar había dejado el diario de mi padre y por un momento pensé que, así como yo había encontrado Santa Cruz a través de lo que escribió, quizás alguien, algo, podría también encontrar el camino de vuelta a casa.

EL SUEÑO
DE LA BRUJA

Algunos miedos que tenía siendo apenas un niño están tan presentes hoy como la primera vez que los enfrenté. Me gustaría pensar que ahora que tengo una perspectiva adulta de esos terrores que me rodearon durante la infancia, una visión distinta de la vida, estos ya no tendrían el mismo impacto en mí que entonces. Supongo que una persona normal a los treinta y seis años ya tendría que haber superado aquello que le atormentaba a los cinco, pero por más que he intentado, no estoy ni cerca de hacerlo.

Pensé que hablar al respecto me ayudaría. Que enfrentarlos de nueva cuenta al compartirlos con alguien más sería un paso en la dirección correcta. Por lo menos eso fue lo que pensaba al contarle a mi hija de mis pesadillas infantiles, esperando que ella no viviera las suyas de la forma solitaria en que yo tuve que hacerlo. Es de la misma edad que yo tenía cuando todo comenzó, por eso me preocupa tanto, por eso me aterra que la afecte de la misma forma que a mí. Hablar al respecto me lastima profundamente. Cuando los nombro, esos terrores vuelven, existen, se acercan.

Desde que estaba en preescolar empecé a tener un sueño recurrente, una pesadilla terrible que me despertaba cuando las lágrimas de miedo me empapaban el rostro: el sueño de la bruja. En él podía ver a una mujer de negro desde la ventana de mi casa. La primera vez que la vi estaba parada sobre el techo de la casa vecina, de la que solo veíamos la parte trasera y que estaba separada de la nuestra por un terreno baldío lleno de matorrales. La mujer simplemente se paraba ahí, mirando fijamente hacia la ventana de nuestra sala, que daba directamente hacia allá. Yo intentaba avisarle a mi familia, pero nadie le daba importancia, parecía que no me querían escuchar. Mis hermanas no salían de su cuarto, mi mamá estaba en la cocina preparando la cena y mi papá leía un libro en la sala, de espaldas a aquella ventana. Por más que insistía, nunca llegaba a voltear. Despertaba entonces desesperado, molesto porque en mis sueños mi familia se negaba a ayudarme.

Cada cierto tiempo el sueño se repetía, siempre de la misma forma. Una y otra vez intentaba llamar la atención de mi familia y siempre era ignorado. A nadie parecía importarle la silueta de aquella mujer, cuyos ojos brillaban con gran intensidad cada que estaba a punto de despertar.

Le llamaba bruja pues se parecía a las ilustraciones de un libro de cuentos de mi hermana que tomaba a escondidas: no podía ver su cara, pero sí su ropa negra y sucia, la piel de sus brazos escamosa y ennegrecida por la mugre. Imaginaba que su rostro, siempre oculto por un rebozo negro, tenía unas cuencas vacías, negras como los dibujos en aquellos libros.

Me aterraban esas horribles facciones y el cabello maltratado y largo que parecía cubrirle hasta las piernas. Me aterró aún más la noche en que ya no apareció en aquel techo. Cuando el sueño cambió y la veía caminar por el enorme terreno baldío que antes la separaba de mi casa.

En el fondo sabía que era un sueño y, aunque fuera un niño, creía poder diferenciar completamente entre el mundo irreal que llenaban mis pesadillas y la realidad. Aun así, su sola presencia provocaba en mí un horror al que nunca me había enfrentado. Sus pasos retumbaban en mi pecho haciéndome sentir mi fragilidad ante ella. Completamente indefenso. Cada noche, cada sueño, perdía el control sobre mí. Gritaba corriendo de un lado a otro, alertando a mi familia, rogándoles que vieran por la ventana, haciéndoles saber que la bruja estaba cerca, que ya no podían ignorarla más, pero ellos no cambiaron su comportamiento. Mi hermana permanecía en su habitación, mi padre, sin quitar la vista de aquel libro me decía que le avisara a mamá y ella me indicaba algo que no tenía sentido, una frase que se repetiría en todos los sueños que tuve desde entonces: "Ve a la ventana y agáchate. Escóndete ahí".

Yo obedecía. Siempre lo hacía. Decidía confiar en mi madre a pesar de lo absurdo que sonaba su consejo. Me acercaba a la ventana frente a la cual se encontraba aquella mujer que recorría el baldío sin parar, de lado a lado, como buscando un resquicio por donde entrar y llegar a mí. Me daba miedo que mi mamá no alcanzaba a verme, sentía que si la bruja llegaba a mí ella no podría hacer algo para defenderme. Pero decidía confiar en ella, que insistía en cada sueño que lo más seguro para mí era ocultarme ahí, prácticamente a la vista de la bruja.

Con el paso de los años los detalles del sueño fueron cambiando poco a poco. Para cuando entré a la primaria soñaba con ella dos o tres veces a la semana. Una noche dejó de deambular por el baldío: ahora estaba parada en medio de este, de frente a la ventana. Recuerdo con especial exactitud la ocasión en que la soñé alcanzando nuestro cerco, aferrándose a él con ambas manos, cerrando los ojos y olfateando, como si supiera que estaba a punto de llegar a mí. Jamás había estado tan cerca de ella, tanto que debajo de aquel velo alcanzaba a ver su boca moviéndose en una oración cíclica que yo no alcanzaba a escuchar.

Le grité a mi familia rogando que me ayudaran, que me escondieran porque estaba a punto de alcanzarme. Ahora todos aceptaban su presencia; mi papá, sin moverse de su lugar miraba con terror hacia la ventana. "Haz lo que te dice tu mamá. Ella sabe por qué lo hace", decía. Pero mamá, que cada vez parecía más nerviosa, tan aterrada como yo, solo volvía a darme la misma indicación: "Escóndete bajo la ventana. Quédate ahí".

Lo único que fue cambiando de sueño en sueño fue su voz. Cada palabra la expulsaba más quebrada que la anterior, al ritmo del cuchillo que chocaba contra una tabla de madera. El sonido era constante, imperturbable, como los pasos de las manecillas de un reloj. Me arrastraba por todo el salón hasta llegar a la ventana frente al baldío. La bruja ya no iba de un lado a otro; ahora estaba inmóvil, con la vista clavada en la ventana. Yo me quedaba ahí, cerraba los ojos y me cubría la cara con las manos en un intento de confiar en esa lógica extraña a la que mi familia recurría en sueños, esa que decía que estar frente a la bruja sería el único lugar que me mantendría a salvo.

Sin darme cuenta, el sueño dejó de ser esporádico, pasó a presentarse cada semana hasta que finalmente empezó a aterrarme la idea de ir a la cama. Sabía que ella estaría ahí cada noche porque cada vez se acercaba más. Mi familia ya no podía ocultar que sabía de su presencia ni el horror que les provocaba; parecía que cada vez les costaba más trabajo seguir el guion que en aquellas pesadillas repetían desde años atrás.

Recuerdo el miedo que sentí la noche en que la vi dentro de nuestro jardín. Bajando de la cerca lentamente, como si fuera una araña. Volteé a ver a mi madre que, entre lágrimas y sin mirarme a los ojos, me repetía una vez más la misma instrucción. Como cada noche la acaté, aunque ahora ella estaba a unos pasos, a punto de alcanzarme. Pude escucharla intentando abrir la ventana, pude ver sus manos largas y sus uñas negras intentando recorrerla.

Desperté esa noche llorando más que de costumbre, y solo entonces tuve el valor para levantarme de la cama e ir a contarle a mamá que había tenido una pesadilla, que tenía años teniéndola. Le conté todo: cuándo inició, cómo fue cambiando. Le dije que cuando tenía esos sueños ella no podía cuidarme, que solo lloraba y me pedía que me escondiera justo debajo de la ventana por la que aquella mujer se asomaba, la ventana que esa noche estaba a punto de abrir. Mi mamá comenzó a llorar junto a mí, me pidió perdón. Yo le insistía en que era un sueño, que no era su culpa, pero ella me decía que incluso ahí era su obligación cuidar de mí. Noté el dolor profundo que sentía por no haberse dado cuenta del horror que me provocaba la noche. Llevó una virgen de madera que tenían en su habitación y la colocó junto a mi cama. Me dijo que ella también me cuidaría. Se puso de rodillas a mi lado, colocó sus manos juntas en el pecho y bajó su cabeza para orar hasta que me quedé dormido. Era tan católica que me pareció lógica la forma en que trató de ayudarme. Pero las pesadillas seguían; volvía a vivirlas todas las noches.

No volvieron a dejarme solo; mamá rezaba junto a mí casi cada noche hasta que me pudiera dormir, y cuando ella no podía hacerlo, lo hacía papá o mi hermana. Eran ellos entonces quienes rezaban hasta que me quedara dormido, quienes velaban mi descanso y me calmaban al verme llorar entre mis sueños. Cuando eso ocurría me despertaban para pedirme que me olvidara de todo, que solo se trataba de una pesadilla. Aunque ellos sabían que esa no era la verdad.

La última vez que soñé con ella fue la peor de todas. Llovía cuando me acosté. Llovió también dentro del sueño, y los límites entre este y la realidad eran difusos.

Se arremolinaron en una sola todas las pesadillas que tuve hasta entonces. Primero vi a la bruja en el tejado de la casa vecina, luego saltaba y se adentraba en el baldío para terminar acercándose poco a poco hacia la ventana. Mi hermana no salía de su cuarto, mi papá me ignoraba mientras leía su libro, mi mamá picaba incesante en la tabla.

La bruja me observaba desde el centro del baldío, de rodillas, con las manos en el pecho y la cabeza inclinada hacia ellas, burlándose de mi madre.

Se levantó de un salto y corrió hacia mí. Trepó la cerca y cayó dentro de nuestro patio. Se colocó en cuatro patas como una bestia y se arrastró hacia la ventana. Mi mamá me gritó que me escondiera, y como en los primeros sueños, mi familia fingía no verla, aunque en sus caras podía notar el horror. Logré llegar a la ventana antes que la bruja, que la tocaba y movía su rostro olfateando, buscando por todos lados, como un depredador saboreando desesperado a una presa que ya tiene acorralada. Arañaba la ventana con fuerza, podía escuchar su respiración, su risa callada mientras se divertía. Disfrutaba el momento que por fin había llegado, uno que parecía haber estado esperando desde años atrás.

Cerré los ojos y lloré intentando no hacer el más mínimo sonido. Escuché a toda mi familia gritar. Me cubría el rostro con las manos, pero al separar mis dedos apenas un poco alcancé a ver a mi hermana, mirando hacia mí con una cara de terror que no había visto antes. Sentí el frío de la noche colarse por la ventana hacia mi nuca, y luego unas uñas clavarse en mis hombros, casi tocando el hueso. Con miedo y dolor, le grité a mamá mientras aquellas garras me volteaban y yo sentía una especie de aliento caliente que emanaba esa bruja sin rostro al hundir sus garras en mis hombros.

Desperté. Un escalofrío me recorrió el cuerpo de los pies a la cabeza y desperté. Una luz blanca e intensa me lastimó los ojos y tardé un momento en ver con claridad. Mi hermana estaba junto a mí en una habitación de un pequeño hospital de mi barrio. En la cama de al lado había un paciente dormido, y mi hermana, susurrante, intentó convencerme de que ya todo estaba bien. No sé cuánto tiempo había pasado en ese hospital ni cuánto me quedé tras despertar. Las semanas siguientes son borrosas, imprecisas, a diferencia de la claridad fotográfica con la que puedo recordar aquellos sueños.

Mis padres murieron un año después en un accidente de carretera. Su muerte me afectó tanto que opacó cualquier miedo que hubiera vivido antes. Al mudarnos a casa de mis abuelos las pesadillas desaparecieron. Se volvieron un mal recuerdo. Un miedo que logré ocultar, enterrar profundamente en mi memoria.

Cuando mi hija cumplió cinco años y me habló de sus pesadillas, supe que no iba a dejar que ella las viviera con la misma soledad con la que yo lo hice. No tenía por qué hacerlo. Además de dejarle en claro que yo estaría ahí para ella cuando lo necesitara, decidí buscar el consejo de mi hermana. Teníamos tiempo sin hablar, pero sabía que ella recordaría esa etapa de mi vida, lo mal que la pasé, los errores que se cometieron. Necesitaba conocerlos para intentar evitarlos.

Nos vimos en un restaurante del centro y nos sentamos cerca de la cocina, como me gustaba. A pesar de sus ocupaciones aceptó verme en cuanto le dije de qué quería hablar. Después de ponernos al corriente y compartir algunos de los pocos recuerdos felices que atesorábamos, le conté lo que me llevaba a buscarla y pedir su consejo. Mi hija tenía los mismos sueños que yo, me hablaba de un ser vestido de negro que la observaba desde el tejado de los vecinos, que se asomaba por la ventana mientras yo leía un libro y su mamá trabajaba. Le confesé que me aterraba no poder defenderla. No lograba entender por qué tenía un sueño tan similar a los míos.

La pausa que hizo mi hermana antes de responderme fue larga. Me preguntó si así era como yo lo recordaba todo, como tan solo un sueño.

Me habló de la mujer de negro, de aquella bruja, como yo la llamaba. De esa mujer que deambulaba por el baldío y luego entraba a la casa, de aquella noche en que la vieron en mi habitación.

De la cocina del restaurante salían ruidos de platos, sartenes y aceite caliente. Entre el bullicio de un cuchillo picando con ritmo, mi hermana me preguntó si recordaba la noche que pasé en el hospital. Esa fue la gota que derramó el vaso. Respondí que no, que esas eran memorias borrosas entre la única claridad que tenía: la de los sueños.

Me miró con ternura y lástima.

—Tu mente siempre ha funcionado de una forma que no entiendo pero que admiro mucho, siempre buscando la forma de protegerte —me dijo.

Yo estaba confundido, sentía como si no fuera la primera vez que teníamos aquella conversación.

—Tú sabes que mamá te quería mucho, a pesar de todo. Y lo lograste separar. Pero no es sano que lo sigas haciendo, que quieras permanecer con los ojos cerrados —decía mientras intentaba ocultar las lágrimas que comenzaban a asomarse—. Entiendo que el que más sufrió fuiste tú, que se ensañaba contigo antes de que nos diéramos cuenta de lo mal que estaba. Pero créeme que intentamos protegerte, que papá y yo te cuidamos cada noche, hasta esa en la que sin darnos cuenta se metió en tu habitación. Apenas pudimos detenerla, te clavaba las uñas en los hombros, te apretaba el cuello.

Mientras lo decía podía sentirlo. De nuevo, como cuando era un niño. Las garras clavándose en mí, su aliento en mi rostro.

—En esas noches terribles no era mamá: para ti era la bruja. Pero cada vez fue más difícil distinguirlas. No solo para ti, para todos. Incluso ahora. Yo también digo que nuestros papás murieron en un accidente.

Mi hermana continuó hablando, pero ya no me era posible escucharla. Mis ojos se clavaron en la nada, lo único que retumbaba en mi cabeza era el choque del cuchillo en la tabla. No recuerdo qué pedimos ni cómo conduje a casa.

Cuando llegué me senté por un largo rato en la sala, mirando a la pared. Mi mujer trabajaba en su estudio. Mi hija notó que había llegado y se sentó junto a mí. Recargó su cabeza en mi pecho y me pidió que la protegiera aquella noche porque cada vez estaba más cerca.

—¿Sigues soñando lo mismo? —le pregunté.

—Sigo soñando con él —me respondió.

¿A DÓNDE FUERON LOS MUERTOS?

El pueblo amaneció todo alborotado. Dos rumores corrían de un lado a otro por sus callecitas de tierra que ya estaban calientes y quemaban aunque apenas pasaban de las siete de la mañana. Uno decía que Miguelito, el hijo del tendero, había desaparecido en la madrugada. El otro decía que los muertos se habían salido de sus tumbas en el cementerio viejo.

Mientras se organizaban las cuadrillas de búsqueda por el chiquillo, enviaron a dos policías a investigar a qué se debía el chisme de los muertos. A ellos no les quedó más remedio que aceptar que algo muy extraño había ocurrido esa noche: las trece tumbas de aquel cementerio estaban abiertas, vacías.

Ese cementerio estaba en una loma a las afueras y era más viejo que el mismo pueblo. Las tumbas eran tan viejas que era imposible saber quién estaba enterrado ahí. La gente no se paraba cerca del lugar, sobre todo cuando caía la noche, pues a las brujas de los pueblos vecinos y a las que bajaban de las montañas les daba por ir por tierra de panteón, o por algún hueso que les hiciera falta para alguno de sus rituales. Pero esto... esto era demasiado hasta para ellas.

Lo único que encontraron fueron las huellas de un grupo de personas que salía del cementerio y se dirigía hacia la sierra. Decidieron seguirlas sin saber exactamente qué estaban buscando.

A unos quince minutos se encontraron con la casa de doña Margarita. Nunca habían ido hasta allá, pero habían escuchado de ella, una señora de noventa años que ya no bajaba al pueblo para nada. Cuando se acercaron notaron que las huellas rodeaban la casita y luego continuaban. Llamaron a la puerta.

Doña Margarita ya casi no veía y apenas escuchaba sus preguntas, pero les dijo que en la madrugada la despertaron los ladridos de sus perros. Escuchó cómo ladraban avisando que algo andaba cerca, bravos como eran, pero luego salieron corriendo hacia la montaña chillando de miedo. No habían vuelto desde entonces. Dijo que cuando se acercó a la puerta para hablarles a sus perros escuchó gente allá afuera, llorando, confundida, diciendo incoherencias; rodearon su casita y se asomaron por las ventanas. Ella solo vio las siluetas borrosas a través del cristal, y se metió en su cama, se tapó con las cobijas y se puso a rezar.

Quienes hayan estado afuera se aburrieron después de un rato y siguieron su camino hacia la sierra. Quién sabe qué estaban buscando. A doña Margarita no le importaba, solo esperaba que volvieran sus perros.

Aquella era la última casa de la que los policías tenían registro, la última habitante del pueblo, pero siguieron el rastro de las huellas esperando encontrar algo más, un hallazgo satisfactorio con el cual volver para tranquilizar a la gente. Seguro a esas alturas ya habrían encontrado al niño perdido y solo estarían pensando en el misterio del cementerio.

Se adentraron kilómetros, hasta donde se acababan los senderos y ya no subía nadie. Donde el bosque se ponía oscuro y los árboles se escuchaban murmurando. Donde habitan las brujas.

Por allá se encontraron una casita de madera que parecía esconderse entre los árboles. La puerta estaba abierta, la estufa de leña prendida. Las huellas terminaban ahí. Dentro el espectáculo era terrible, parecía que una manada de animales salvajes hubiera pasado por ahí, arrasando con sus habitantes. Manchas de sangre fresca cubrían el lugar de arriba a abajo, pero no había rastro de las víctimas.

Bajaron a toda prisa en dirección al pueblo, pensando que las bestias podrían seguir cerca de ahí. Llegaron al inicio del sendero. Pasaron a toda prisa por la casa de doña Margarita, luego por el cementerio y alcanzaron el camino que llegaba al pueblo.

Ya era de noche y parecía que algo terrible había pasado. Todo el lugar estaba en silencio, la gente se había refugiado en sus casas. No encontraban a nadie que les informara qué había pasado. De pronto, a lo lejos, vieron a uno de sus compañeros. Los papás de Miguelito habían huido del pueblo, aterrados, y les habían pedido a todos que no los buscaran. Dijeron que lo que se escapó de su casa aquella madrugada ya no era él.

Confesaron que el niño había muerto una semana atrás, víctima de la neumonía. En su desesperación, acudieron con una de las brujas de la montaña, aquella que tenía su casa en lo más alto, escondida entre los árboles. Les habló de un ritual para traer de vuelta a los muertos, tan peligroso que les costaría todo lo que tenían, de magia negra tan avanzada que ni ella misma se había atrevido a intentar. Los padres aceptaron de inmediato, cegados por la tristeza. La bruja se pasó una semana entera preparando el ritual. Tendría que llevarse el cuerpo del niño al viejo cementerio. Si todo salía bien, les llevaría a Miguelito pasada la medianoche.

Pero de la bruja no volvieron a saber. Su hijo, por otro lado, tocó a su puerta en la madrugada. Lo abrazaron y lloraron con él, pero a los pocos minutos se dieron cuenta de que aquello ya no era Miguelito. El niño corrió a la puerta que conectaba la casa con su tienda, abrió los refrigeradores y se zampó toda la carne cruda que encontró. Cuando intentaron detenerlo los atacó, los gritos despertaron a los vecinos que declararon haber visto al niño salir corriendo de su casa y a sus papás llorando desesperados.

Mientras se preparaba la búsqueda, por la mañana, los papás escucharon el rumor del cementerio, de las tumbas vacías. Más tarde advirtieron a medias a algunas autoridades, cargaron lo que pudieron en su camioneta y desaparecieron del pueblo. Los gritos de Miguelito se empezaron a escuchar por todo el lugar.

Los policías, preocupados, siguieron patrullando las calles calientes de ese pueblo. La gente escondida en su casa recibió noticias: en los pueblos vecinos se hablaba ya de cementerios profanados y tumbas vacías.

SILENCIO

Desde que me mudé a mi propio departamento algo extraño me despertaba cada noche. Un sonido que pronto pude reconocer: el de mi propia voz retumbando en la habitación. No entiendo cómo, no he intentado buscar una explicación. Solo sé que mi voz me despierta desde lo más profundo cada madrugada.

A las pocas semanas identifiqué que mi voz era la de un futuro: uno cercano.

Me escuché celebrar un nuevo trabajo al que había aplicado semanas atrás, hacer el amor con alguien que estaba por conocer, llorar por una muerte que aún no ocurría.

Hace tres noches ocurrió algo desconcertante, algo sin precedente: mi voz me despertó gritando. Desde entonces no escucho nada. Me mantiene despierto su ausencia en el silencio. Ese silencio macabro e insoportable de esta madrugada que solo se interrumpe por la puerta de mi habitación abriéndose lentamente.

HOTEL CONQUISTADOR

Estimado Víctor,

Espero que no te tome por sorpresa este mensaje, sobre todo cuando notes la hora a la que lo escribí. Lo cierto es que no podía esperar hasta enviarlo a una hora razonable. Hace un rato cené con tu hermana Cecilia y me contó que estás por pasar un par de semanas en Morelia y que te hospedarás en el Hotel Conquistador. Frente a ella intenté disimular el horror que me provoca la sola mención de ese nombre, pero desde ese momento no he dejado de pensar que mi deber es advertirte sobre lo que pasa en ese lugar. Esta, la que estoy a punto de contarte, es una experiencia que no se puede compartir a la ligera, que puede resultar inverosímil, pero no me perdonaría que algo terrible te ocurriera ahí y no hubiera tenido el valor de advertirte antes de sus misterios. No se lo he contado a tu hermana, por supuesto. Me parece difícil pensar que fuera capaz de creerme aun con la confianza que me tiene.

Tal vez recuerdes que hace ya más de una década estuve casi dos años fuera la ciudad. En aquel periodo trabajé para la Farmacéutica del Noreste, una empresa con sede en Monterrey que me hizo viajar por gran parte de la República mexicana. Uno de esos viajes que tenía que haber durado tres días se alargó por una semana y media. Me hospedaba en un hotelito de la calle Melchor Ocampo, cerca de la catedral. Había un convenio con mi empresa para hospedar ahí a cada empleado que pasara por la ciudad. Era barato y lo suficientemente incómodo como para no dejarte olvidar, ni por un momento, que no te encontrabas ahí de vacaciones; para que cada mañana la cama dura y la habitación pequeña te obligaran a salir a trabajar. Era adecuado para eso y podía soportar pasar un par de días ahí sin problema, pero cuando supe que esa ocasión mi estancia se alargaría, decidí buscar otro lugar, incluso si tenía que pagar de mi bolsa la diferencia en el precio.

Cada que volvía al centro después de las encomiendas de trabajo aprovechaba para caminar, escoger una mesa con buena luz en algún café y ponerme a leer con el fresco de las tardes veraniegas. Desde mi primera tarde en la ciudad llamó mi atención la belleza rústica de un portón permanentemente cerrado, coronado por un antiguo letrero en una madera desgastada que contrastaba con los detalles lujosos en la fachada del lugar: Hotel Conquistador.

Una tarde encontré el portón abierto: hacia el fondo se podía ver una mesa situada en medio de uno de esos patios tradicionales al interior de los edificios morelianos del centro. Este estaba lleno de helechos. Entré con la inercia de un marinero que se lanza al mar atendiendo al canto de sirenas.

Una mujer detrás del mostrador me aclaró, de forma amable aunque enérgica, que la entrada estaba limitada a los huéspedes del hotel y que si lo que deseaba era una habitación, estaba de suerte porque ese día se había cancelado una reservación. Pregunté cómo era posible que estuviera lleno si no había una sola persona en el lugar, y me contó discretamente que una familia entera llegaría esa misma noche de Saltillo para asistir a una boda. Las doce habitaciones del hotel habían sido reservadas, pero de último momento alguien avisó que no acudiría, por lo que una habitación sencilla estaba vacante.

Sin preguntar el precio la reservé y media hora después ya había llevado mis maletas a mi nuevo hotel. La mujer de recepción fue muy insistente en repetirme las reglas del lugar: nada de ruido después de las diez de la noche; también a esa hora cerraban el portón del hotel, único acceso, y si necesitaba entrar o salir después tenía que avisar con tiempo pues la tranca que lo aseguraba era tan pesada que solo se podía levantar entre dos empleados. Recomendaban, además, no deambular por los pasillos del hotel en la madrugada.

El hotel era frío y lúgubre, pero al mismo tiempo brindaba al huésped esa sensación de familiaridad que le hace pensar que ya ha estado ahí.

En mi segunda noche en el hotel sucedió algo terrible. La versión oficial de los hechos lo considera un caso cerrado, pero me voy a permitir compartirte la mía, que siento, es mucho más cercana a la verdad.

Con aquella familia saltillense viajaba una pequeña de apenas un año al cuidado de su nana, una joven que parecía casi una niña. Era menuda, apenas alcanzaba el metro y medio de altura, de pelo negro a la cintura y de una mirada tan inocente que me hizo empatizar con ella al instante, sobre todo al escuchar los regaños de su patrona, una mujer que a pesar de su juventud contrastaba por completo con ella por su seriedad y una mirada tan inexpresiva que no se rompía ni al comunicarle a gritos lo que la bebé necesitaba.

Exactamente a la media noche me despertó el llanto de la pequeña, seguido de un grito de su madre para que la joven niñera fuera por ella y la calmara fuera de la habitación. El llanto llenó cada rincón del lugar, y yo escuchaba cómo la joven pasaba frente a mi habitación, recorriendo el pasillo de un lado a otro, sin lograr que la chiquilla dejara de exigir a su mamá.

Pasó casi una hora, yo me resignaba a no dormir cuando, de un momento a otro, la escuché hablar con alguien frente a mi puerta. La curiosidad fue más fuerte que mi sueño y me levanté para ver de quién se trataba a través de la mirilla en la puerta. Frente a la joven había alguien que parecía salido de una presentación de la cultura tarasca de esas que hacen para turistas. Un hombre alto y sumamente robusto de piel morena, quemada por el sol, con la cara pintada de blanco. Vestía un faldón y un chaleco que parecían estar hechos de fibra de maguey. Iba descalzo. No me sorprendió que un trabajador usara ese atuendo, el hotel estaba decorado en cada rincón con figuras de madera con una apariencia similar. Cuando lo vi, extendía los brazos con una sonrisa amable, como ofreciéndose a cuidar de la niña y la joven se la dio, mientras se sentaba a descansar por un momento en la banca de madera a la mitad del pasillo. El hombre miró hacia mi habitación, como si supiera que yo estaba ahí, y me aparte rápidamente de la puerta. Por alguna razón su mirada me había provocado un escalofrío y regresé a la cama. El llanto de la bebé iba y venía, hasta que cesó. Un gritó de la joven niñera me estremeció el corazón; un grito de terror, seguido del tumulto de la madre de la niña y de los familiares gritando enfurecidos por el pasillo: la pequeña ya no estaba, no había señales del hombre al que la joven aseguraba habérsela dado.

Los tres empleados que permanecían en el hotel a esa hora estaban frente al portón y aseguraban que nadie podía haber salido. Aquel hombre y la niña debían estar en algún lugar del hotel. No había ventanas en el primer piso; las cuatro habitaciones con vista a la calle estaban ocupadas por miembros de la familia y nadie había entrado en ellas. Los gritos de coraje de la madre y los de dolor de la joven empleada eran ahora los que llenaban por completo el lugar. La policía llegó a los pocos minutos. Revisaron cada centímetro del hotel, incluyendo mi cuarto, donde no tuvieron empacho de vaciar hasta la última prenda en mi maleta.

La niña y su captor parecían haberse esfumado en el aire, o bien, que se los hubiera tragado el hotel.

En lo más profundo de la noche hubo otro grito de la joven nana, un alarido de horror tan terrible que me gustaría poder olvidar. Salimos de nuestros cuartos, a pesar de las órdenes de la policía de investigación de permanecer en ellos. La pobre mujer se desgarraba la voz afirmando que había encontrado al agresor. Sin embargo, lo que señalaba era una figura de madera cuidadosamente colocada al centro del patio, similar a las otras que llenaban el hotel, con excepción de aquel rostro pintado de blanco.

Claro que esta acusación fue ignorada, y entre dos policías siguieron arrastrando a la nana por todo el hotel exigiéndole que señalara dónde había escondido a la pobre criatura.

La noche siguiente me dejaron abandonar el lugar y regresé al hotelito barato e incómodo que me pagaba la farmacéutica. Sin embargo, antes de salir, no pude evitar detenerme un momento frente a aquella figura de madera a mitad del patio. Ese hombre sonriente, de ojitos burlones, que sostenía las manos sobre aquella panza abultada que lo hacía diferente al resto. Estaba seguro de no haberla visto antes, y de que el parecido con el hombre que vi era asombroso; sin embargo, haber insinuado a la policía que la joven tenía siquiera un poco de razón para reaccionar como lo hizo la noche anterior, señalando en esa figura al culpable, me habría puesto en una situación tan comprometedora que me convencí a mí mismo de no volver a mencionarlo.

Fui yo, al menos, la única persona que intentó respaldar la versión de la joven, aunque de nada sirvió mi declaración, pues la terminaron culpando de robo de menores a pesar de que nadie pudo explicar de qué forma habría sacado a la niña del lugar. Cuando meses más tarde leí la nota sobre el veredicto en un periódico regiomontano, se hablaba de que por fin se había dictado sentencia a la malvada integrante de una banda de robachicos que operaba en el norte y el Bajío, y que no se descansaría hasta encontrar a sus cómplices y a la pequeña que alguna vez estuvo a su cuidado. De eso, como te digo, ha pasado casi una década y nunca se volvió a saber más.

Durante el resto de mi estancia en la ciudad, el portón del hotel permaneció cerrado. No hubo más vistazos al interior.

No he regresado allá desde entonces. No soporto la idea de estar cerca de ese lugar, de aquel hombre que estoy seguro de haber visto ni de aquella horrenda figura de madera.

Es un edificio histórico, podrás encontrar algunas imágenes de su interior en diferentes libros que documenten el centro de Morelia. Lo curioso es que en algunas podrás apreciar la figura, mientras en otras su lugar permanece vacío.

De nueva cuenta me disculpo por escribir a estas horas, pero sentí que debía compartirlo. Una parte de mí se quedó en ese lugar y quizás es por eso que cada noche, en mis sueños, regreso a los pasillos del Hotel Conquistador.

Buen viaje.

UN INCIPIENTE
OLOR A MUERTE

Mi mamá me habló a las seis de la tarde para decirme que la abuela murió. Llevábamos días sin hablar y el gusto de escucharla se desvaneció con la primera frase de aquella llamada. Su voz al anunciar la muerte fue distante, espectral. En ese momento solo pude pensar que se trataba de una broma. Siempre me ha parecido curioso que, al recibir noticias de este tipo, nuestra primera reacción sea pensar que no es cierto, que se trata de una broma macabra, aunque lo más lógico es que nadie se permita ese tipo de humor con alguien delicado y cercano.

Sin embargo, cuando comencé a aceptarlo, y a sabiendas de que faltaba solo un par de semanas para su cumpleaños, no me pareció raro que la abuela, carente de emoción por cualquier encuentro social, hubiera decidido morirse antes de tener que soportar la enorme fiesta que le tenían preparada y a la que, en reiteradas ocasiones, había catalogado de innecesaria. Odiaba recibir gente en su casa. Ni siquiera sus nietos nos sentíamos con la confianza de visitarla a menos que ella nos hiciera una invitación. Eso ocurría muy rara vez, y al pasar de los años se fueron volviendo más y más esporádicas las invitaciones. Yo tenía meses sin ir. Mi abuela estaba lejos de representar esa figura amable, amorosa y cercana que nos venden las películas y las tele-novelas mexicanas.

Pensé en ella por un momento, intentando buscar en mi memoria un recuerdo que me hiciera sentir cercano, un motivo para entristecerme, pero no lo hubo. Lo único que me preocupaba en ese momento era la estabilidad emo-cional de mi madre.

Estaba en un departamento vacío, esperando a unos potenciales compradores. Llamé a una compañera de la agencia, que no estaba lejos de ahí, para que acudiera de emergencia y lo mostrara ella. Definitivamente iba a gus-tarles y me perdería de aquella venta; ese treceavo piso ofrecía el espectacular panorama boscoso del Desierto de los Leones. Me perdí en esa vista por unos minutos, en la lluvia que llegaba poco a poco y empezaba a difuminarlo todo.

Volví a recibir una llamada y respondí sin ver el nú-mero en la pantalla. Esperaba que fuera mi compañera o los clientes, pero escuché de nuevo la voz de mi madre. No hablaba conmigo, lo que escuchaba eran fragmentos de su aparente conversación con alguien más, a quien no alcanzaba a escuchar. Nada de lo que decía parecía tener sentido y entendí que necesitaba salir de prisa pues todo parecía indicar que un nuevo colapso nervioso era inmi-nente. Mi mamá se escuchaba realmente extraña. En los últimos años, sobre todo desde que se separó de Lucía después de quince años de relación, se había deteriorado gravemente su ya de por sí frágil estabilidad. Lo único que la mantenía lejos de esos demonios era enfocarse en el cuidado de la abuela. Tenía la suerte de vivir a unas cuantas calles de su casa, así que todos los días acudía por la mañana a desayunar con ella y volvía por la tarde para cerciorarse de que todo estuviera bien. Cuando daban las ocho de la noche, la hora en que la abuela se retiraba a su habitación, mi mamá caminaba de vuelta a casa.

La abuela era fuerte y, mientras manejaba hasta su casa, no dejaba de pensar en lo extraña que me resultaba su muerte tan repentina. Mi mamá no había dicho mucho más en esa llamada, tan solo que su cuerpo estaba en su cama, vestido. Quizás en la tarde habría tomado una siesta de la que ya no despertó.

La lluvia arreciaba, veía la ciudad durante esas ventanas temporales que me permitía el constante ir y venir del limpiaparabrisas. Las calles no eran más que gotas y siluetas anónimas. Abrí un poco la ventana para que algunas gotas pudieran entrar, para mojarme los nudillos de la mano izquierda y cerciorarme de que no estaba dentro de una pesadilla.

Cuando llegué a casa de la abuela la lluvia se había convertido en una tormenta que silenciaba cualquier otro sonido en las calles. La casa estaba en penumbras. Entré y encontré a mi mamá en la cocina, también con la luz apagada. Pude ver su silueta de espaldas y aunque mi primer impulso fue correr a abrazarla me pidió que no pasara, dijo que no quería que la viera así. Me dijo que, si quería, fuera a ver a la abuela a su habitación, pero que no encendiera las luces, recordándome lo mucho que le molestaba a su madre que se prendieran después de las ocho.

Le pregunté si podía acercarme a ella, darle un abrazo, pero no respondió. Ni siquiera volteó. No quise presionarla. Me di cuenta de que, como solía hacer, mamá ya había convertido el dolor en una lista de tareas, como si así

99

le fuera más fácil soportarlo. Avisar al médico de la familia, llamar a la funeraria, preparar los documentos necesarios, buscar la ropa adecuada para la velación. Repetía los pasos en voz baja pero lo suficientemente claro como para que yo pudiera escucharlos. Se aseguraba de que yo también los recordara. La abuela tenía gustos muy particulares y le había indicado incontables veces cómo quería ser vestida cuando llegara el momento, cuando fuera hora de preparar sus restos.

Caminé por el pasillo largo que llevaba hasta la habitación de la abuela cuando escuché a mis espaldas que alguien giraba la perilla de una puerta, en el extremo opuesto del corredor. La luz de un relámpago que iluminó por un instante la casa me dejó ver que mi madre, de luto de pies a cabeza, parecía jugar con aquella puerta. Aún de espaldas a mí, me recordó que ella también me había dicho a mí la ropa con que quería ser enterrada y que esperaba que yo lo recordara también. Esa sería mi responsabilidad llegado el momento.

—Busca el vestido rojo en el cuarto de tu abuela —me dijo antes de entrar en aquella habitación.

Con más nerviosismo del que había imaginado, di pasos lentos y temblorosos y me acerqué a abrir la puerta. La vi en su cama, cubierta de pies a cabeza por una delgada sábana blanca. Su cara se delineaba de forma clara, podía imaginar debajo de aquella sábana la expresión tranquila de quien ha muerto en sueños. Solo la iluminaba una lámpara de la calle que se alcanzaba a colar por el ventanal con las cortinas abiertas de par en par. No pude siquiera dedicarle un par de palabras a la abuela, me parecía algo macabro hablar con los muertos y, además, estaba por hurgar entre sus cosas. Ella hubiera odiado que lo hiciera.

Busqué el vestido rojo en el armario, el que le había visto tantas veces en navidades y fiestas de cumpleaños, pero no podía dejar de pensar en que había un cuerpo detrás de mí, conmigo, en aquella habitación en tinieblas. Tomé un momento para mirar a la calle, por la ventana, buscando la realidad allá afuera. Lo único que lograba distinguir entre la luz de la lámpara era la lluvia que se desprendía cada vez con más fuerza.

El rechinido de la puerta entreabriéndose lentamente me sacó de aquel trance. La silueta de mi mamá apenas se dibujaba en el pasillo.

—El doctor Alvarado no me contesta. Tengo que a ir a buscarlo —le dije que no podía salir así, que llovía, que me dejara ir a mí—. Vive cerca, pero tú no sabrías llegar. Además necesito salir. Sentir la lluvia. Sentir algo que no sea dolor.

Me preocupaba no alcanzar a verle el rostro, no distinguir su estado, pero entendía que quisiera salir, distraerse, pensar por un segundo en otra cosa. Le pregunté qué tenía que hacer yo.

—No le prendas la luz, no vayas a destaparla y no le avises a nadie hasta que vuelva —me dijo antes de desaparecer por el pasillo.

Agradecí que no me hiciera a mí llamar para dar la noticia. Hay pocas cosas tan desagradables como anunciar una muerte. Luego añadió algo desde lejos, algo tan extraño que creí no haber escuchado del todo bien:

—Si te habla no le respondas; si se para, no dejes que se salga.

—¿Qué dijiste? —le pregunté saliendo al pasillo para alcanzarla. Escuché la puerta hacia la calle cerrarse. Si se trataba de una broma, no me causó la menor gracia, pero al menos un comentario tan ácido significaba que mi mamá empezaba a volver a la normalidad.

Aunque aún no encontraba el vestido no quise volver a la habitación de la abuela si mi mamá ya no estaba en casa. Pensé que era un buen momento para hacerme un café. La noche sería larga. Pasé los dedos por el interruptor en la cocina por un momento, sin mi madre alrededor para regañarme, pero no encendió. Me di cuenta de que no había luz, al parecer se había ido en la mitad de las casas de aquella calle. No era raro que ocurriera en noches de tormenta como esa, solo que me inquietaba mucho más que esta vez estuviera a solas en esa casa y con un cadáver.

La tetera comenzó a silbar. A tientas encontré el café y la prensa francesa. Cuando apagué el fuego noté que había un sonido más, un sonido que se había escondido detrás de la lluvia y el silbido de la tetera. Se trataba de un rechinido constante que parecía venir del pasillo. Dejé todo para buscar el origen, pero al acercarme noté que el rechinar parecía provenir de un objeto de madera y, más precisamente, salía de la habitación donde estaba el cuerpo.

Di unos pasos más, acercándome de nueva cuenta, y pude reconocer de qué se trataba. La mecedora de la abuela.

El miedo me hizo caminar sin pensarlo y entré en la habitación solo para dejar de escuchar ese sonido. La mecedora estaba inmóvil. El cuerpo de la abuela permanecía en el mismo lugar. La oscuridad y mi vista cansada me jugaban una broma, pues aquella sábana que le cubría casi parecía moverse, como si el cuerpo respirara. Aun peor, por momentos mi cerebro parecía engañarme y me hacía percibir un incipiente olor a muerte. Por supuesto que no era posible.

El timbre del teléfono sonando en la sala me hizo saltar por la sorpresa, los nervios comenzaban a traicionarme y salí algo confundo de la habitación. El teléfono no dejaba de sonar y me preparaba para dar malas noticias. Eso me aterraba aún más. No era bueno, no sabía cómo hacerlo, ni qué decir. Era la tía Julia, hermana de mi abuela. La que, hubiera pensado, sería la primera persona a la que avisaría mi madre. Pero mi tía, luego de sorprenderse porque fuera mi voz la que respondiera, me pidió que le llevara el teléfono a mi mamá.

—No está, tía. Acaba de salir. No tarda —le dije, sin atreverme a decirle la razón por la que me encontraba ahí.

—Mira, no sé qué se traen allá, pero dejen de estar molestando. Dile a tu madre que el teléfono se le marca, que las escuchamos platicar —me dijo, molesta—. Seguramente es un accidente, recibí una llamada similar hace un rato, cuando venía para acá…

Mientras respondía, caí en cuenta de las palabras de mi tía, de lo que acababa de decir. Dijo que las habían escuchado platicar, pero no entendí a quién más se refería.

—Perdone, tía, ¿a quiénes escucharon platicar? —Una tenue interferencia alejaba la voz del otro lado de la línea. Apenas pude escuchar su "A tu madre, a tu abuela".

La interferencia lastimó mi oído y alejé el teléfono por un momento. Cuando lo acerqué de nuevo ya solo se escuchaba el tono de colgado, la lluvia y el rechinido de la mecedora, de nuevo, constante y claro, no lograba convencerme de que se trataba de otra cosa. Salí de la casa corriendo, sin haber tomado una chaqueta o un paraguas. Al llegar a la calle agradecí ver una señal de vida, un coche que salía de la casa de enfrente. Me hizo señales con las luces y me acerqué. Clara, la vecina de enfrente, una amiga de la infancia de mi madre, me preguntó qué ocurría, si me encontraba bien.

Quizás porque sabía que ella no se echaría a llorar, le dije sin la menor sutileza la razón de que me encontrara ahí esa noche.

—Se murió mi abuela —Clara apagó el motor. Me miró con cierta duda, con incredulidad.

—Claro que no. Estás bromeando —me dijo. Le respondí que no, pero que me parecía curioso que esa fuera la primera reacción de la gente, cuando en realidad nunca nadie bromea con la muerte.

—¿Cómo no voy a creer que estás bromeando, si tu abuela ha estado dando vueltas por su casa todo el día? Trae puesto ese vestido rojo que le gusta utilizar en las fiestas. Hace un rato, cuando estaba a punto de salir, me asomé por la ventana para ver qué tanto llovía; cayó un rayo cerca que iluminó toda la calle. Vi a tu abuela en la ventana de su cuarto, en su mecedora. Como siempre.

No pude responder. Dejé a la vecina a la mitad de una frase cuando crucé corriendo aquella calle de vuelta a la casa. Mi curiosidad era más potente que el miedo. Entré empapado, dejando un rastro de gotas de lluvia detrás de mí.

La habitación de la abuela estaba tal cual la había dejado. Su cuerpo permanecía debajo de la sábana, en su cama. Un relámpago iluminó la habitación. El buró de la abuela, su contenedor de pastillas, uno que utilizaba para organizar la masiva cantidad de medicamentos que necesitaba tomar a diario. Lo revisé, estaba vacío, algunas pastillas quedaban esparcidas en el buró, en el piso.

Destapé el cuerpo de la abuela. El maquillaje que siempre llevaba en los ojos en ocasiones especiales estaba corrido, como si hubiera estado llorando antes de morir.

Antes de decidir morir. Entre sus manos tenía lo que parecía ser una nota y con mi corazón implosionando me atreví a tomarla.

"Perdona por dejarte sola, estaré cerca de ti". Reconocí la letra de mi madre. Creí escuchar la puerta principal, la tormenta arreciaba, parecía estar a punto de hacer reventar las ventanas. Escuché pasos en el pasillo y salí de la habitación. Creí ver una sombra perdiéndose lentamente en el cuarto de visitas. Empecé a caminar hasta aquella puerta esperando nunca llegar a ella, esperando que el pasillo se volviera eterno.

El teléfono sonaba de nuevo. La mecedora se escuchaba con más claridad que nunca a mis espaldas. No dejé de caminar, no tenía el valor de detenerme y prolongar la angustia un segundo más.

No sé cuánto tiempo pasó el cuerpo de mi madre ahí, pero al abrir la puerta dejé salir un olor dulzón que envolvió toda la casa. Un dulce y repugnante olor a muerte. Avisar al médico de la familia, llamar a la funeraria, preparar los documentos necesarios y buscar la ropa adecuada para la velación. Avisar al médico de la familia, llamar a la funeraria, preparar los documentos necesarios y buscar la ropa adecuada para la velación. Avisar al médico de la familia, llamar a la funeraria, preparar los documentos necesarios y buscar la ropa adecuada para la velación. Repetí en mi mente la lista de tareas.

EL VISITANTE

Inició con alguien acercándose a casa todas las noches. Lo podía ver asomándose por detrás de las rejas que dan a la calle. Intentando ver hacia adentro por las ventanas del patio trasero. A veces solo parado en el medio del jardín, inmóvil. Se quedaba ahí por largos ratos y luego desaparecía en algún momento de la madrugada, cuando lo perdía de vista.

Me daba miedo salir a enfrentarlo, a preguntarle quién era o qué buscaba de nosotros. A veces creía reunir el valor suficiente, respiraba profundo y me preparaba para salir, para pelear si era necesario, tomaba la perilla de la puerta y esperaba que el golpe de adrenalina me hiciera simplemente girarla. Un instante de valor. Era lo único que necesitaba. Luego entraba en razón, aseguraba la puerta, revisaba las ventanas y esperaba de nueva cuenta hasta que el visitante se fuera para volver a dormir.

Por fortuna Luisa no lo había visto; mi pobre niña ya tenía suficiente con la ausencia de su madre, con soportar mis intentos de ser el padre que se merecía. Solo ella me hacía sentir que en algún momento tendría el valor de salir y hacerle frente. Por ella sería capaz de cualquier cosa.

La casa comenzaba a decaer, casi sin darme cuenta. Solo había tiempo para trabajar, para llevar a Luisa a la escuela y de ahí irme a toda prisa al deshuesadero. Al salir del trabajo, pasaba por ella a la casa de otra niña de la escuela donde me hacían el favor de cuidarla. Pensaba que le vendría bien convivir con la mamá de su amiga, tener una figura materna con ella, aunque fuera a ratos y aunque fuera por lástima.

El visitante cada vez aparecía más temprano. Dejó de habitar solo en las madrugadas. Una noche mientras Luisa hacía su tarea en la sala, sentada en la alfombra, con su cuaderno en el sillón donde se sentaba su madre a verla, pude ver su cara sonriente, asomándose por la ventana. Fue la primera vez que vi sus facciones. El visitante se parecía a mí, tenía mis ojos, mi boca, mi nariz, pero no tenía pelo, bigote ni cejas. Los pómulos sobresalían de su rostro y su piel era demasiado pálida. Era como si llevara puesta una máscara de mí.

Comencé a recibir las noches con un miedo reflejado en un temblor de manos incontrolable y la voz quebrada. Cada vez era más difícil ocultarle a Luisa lo que sucedía. Me di cuenta de que el visitante se acercaba a las ventanas donde me encontraba yo, así que dejé de acompañar a mi hija a hacer las tareas o a ver televisión. Me encerraba en mi cuarto y podía ver la silueta de ese ser detrás de la ventana. Siempre cerca, siempre dejándome saber que se encontraba ahí.

La primera vez que lo escuché intentando abrir la puerta me hizo sentir un miedo que no había experimentado antes. Me abalancé hacia la puerta y la detuve con todas mis fuerzas. Giraba la perilla y daba empujones que apenas alcanzaba a contener. Su risa del otro lado me hizo sentir que podía entrar en cualquier momento, que jugaba conmigo, que no tendría la oportunidad de oponer resistencia cuando se decidiera a entrar por nosotros.

Pero lo peor vino cuando las noches dejaron de contenerlo, cuando comencé a verlo en las cercanías del deshuesadero. El lugar donde trabajo está rodeado por terrenos amplios que no llevan a ninguna parte. De tierra blanca y matorrales. No tenemos vecinos y nadie llega caminando hasta ese punto de la carretera. Pero ahí lo vi, entre los arbustos, caminando alrededor de lugar, cerca de aquella valla que sabía que no podría detener a nadie. Menos a él.

Los días, el trabajo, el camino a casa... había perdido mis últimos refugios. El visitante estaba siempre presente, observando a la distancia, asegurándose de que yo también pudiera verlo. Lo único que me tranquilizaba era que si él se encontraba cerca de mí significaba que yo lo mantenía alejado de Luisa.

Por eso aprendí a soportar su cercanía, a ver su sonrisa de reojo, sobre todo al caer la noche, cuando parecía ya no tener la más mínima intención de ocultarse. Aprendí a controlarme cada que sentía que caminaba detrás de mí, de regreso a casa, cada vez más cerca. Me preguntaba si alguien más podía verlo, si alguien más lograba ver a ese hombre que parecía llevar una máscara mía. Me aterraba el momento en que Luisa pudiera verlo también. Me aterraba preguntarle si era capaz de hacerlo, si lo había notado ya, parado en el patio, husmeando en nuestras ventanas, siguiéndome cuando pasaba por ella cada tarde para ir a casa.

Su presencia constante empezaba a afectarme físicamente, a debilitarme de cierta forma, a quitarme el aire. Los mareos constantes presentaban la realidad con la singularidad borrosa de los sueños y recuerdos distantes. La voz de Luisa sonaba cada vez más lejana, pese a que estuviera frente a mí en la cena platicando su día. Apenas logré entenderla cuando me dijo una vez más que se sentía enferma, que le diera algo por favor. Parecía que estaba a punto de resfriarse.

Salí de casa y me dirigí a la farmacia. Las calles del barrio tenían poco movimiento, como en todos los sitios peligrosos cuando pasan de las diez de la noche. Compré medicamento y pensé en llevar algo de camino a casa, algún postre, quizás, algo que animara a Luisa. En ese momento, pensando en qué podría funcionar para hacerla sentir mejor, noté la ausencia. Volteé y exploré la calle con la mirada. Aquel ser de persecución constante ya no estaba ahí.

Caminé a casa con la tranquilidad recién ganada de tener un momento sin invasión. Cuando llegué frené en seco en la banqueta. Pude verlo en la ventana del cuarto de Luisa, junto a ella. El visitante había logrado entrar.

Grité como loco, desesperado, empecé a pedir ayuda a los vecinos. La puerta estaba cerrada, las ventanas también. Le grité a Luisa que me abriera, que saliera de ahí, que se pusiera a salvo. No me escuchó. Estaba acostada en su cama, con el visitante a su lado, acariciando su cabello. Este me miró y con un dedo en los labios me pidió que callara, luego la señaló a ella, como si me indicara que la dejara dormir. Las manos de ese ser eran largas y delgadas, sus dedos parecían las ramas secas de un árbol. El corazón se me detuvo por un momento al verlos recorriendo con cuidado el cabello de Luisa.

Atraída por mis gritos, la gente empezó a reunirse frente a la casa, y poco después las luces rojas y azules de una patrulla se reflejaron en la puerta de entrada. Me acerqué a pedir su auxilio y expliqué que mis propios vecinos me atacaban por intentar defender a mi hija. Un golpe seco me dio de lleno en la nariz y la vista se me nubló. Entre lágrimas me tomaron por la espalda y en un movimiento ya tenía la rodilla sobre la cara. El metal frío de unas esposas empezó a cortarme la circulación hasta que dejé de sentir las manos.

Me pusieron de pie mientras la gente, mis vecinos de toda la vida, intentaban lincharme, mientras gritaban que yo era el monstruo que había andado husmeando en sus casas, el pervertido que se asomaba por sus ventanas. Sentía el desprecio que les provocaba tan fuerte como los golpes. Me di cuenta de que no podría hacer nada para convencerlos y, por un momento, me dejé llevar.

Desde la puerta de mi casa el visitante me miraba aferrado a la mano de Luisa. Les grité a los policías una y otra vez que estaban cometiendo un error, que tenían que ayudarme, que algo maligno había entrado a mi casa y que no podía explicar cómo, pero ese hombre llevaba una máscara para engañar a mi hija, para engañarlos a todos.

Lo vi de nuevo. La máscara había perdido sus facciones más aterradoras. Ahora se veía como yo. Me metieron de un golpe en la patrulla y en la ventana reflejé un rostro sin cejas, bigote, ni cabello. Un rostro que no era el mío.

A tumbos me llevaron hasta una celda helada llena de hombres que parecían peligrosos, pero al verme se alejaron hacia las paredes, les pidieron a los policías que no me dejaran ahí. No me di cuenta de en qué momento perdí la camisa y los zapatos, pero tenía frío. Me rodeé con mis brazos y me senté en una esquina de la celda mientras todos los demás se refugiaban juntos en el otro extremo.

Los escuché planear qué harían si intentaba atacarlos. Convencerse de que podrían matarme de ser necesario. De vez en cuando exigían a los vigilantes que los dejaran salir de ahí, o por lo menos que me sacaran a mí.

Perdí la noción del tiempo, para cuando me sacaron no tenía idea de cuánto había permanecido ahí, y lo que era peor, de cuánto había estado el visitante dentro de mi casa, junto a Luisa. Mi pobre Luisa.

Corrí de vuelta a casa en cuanto me liberaron, pero fue un esfuerzo inútil. Mi rostro ya no era mi rostro, mi voz ya no era mi voz. Fue insoportable el terror en los ojos de mi hija al verme acercándome a casa, al asomarme por la ventana.

Los vecinos hacen guardias para mantenerme lejos de la calle, de los patios, y ya solo puedo acercarme en las madrugadas cuando todos duermen y puedo eludir a los desafortunados que hacen las guardias. Puedo ver al visitante sonreír mientras finge no darse cuenta de que estoy ahí, del otro lado de la ventana.

MAR
DE FONDO

Amparo cerró los ojos mientras sentía en su cara la brisa del mar. Esa mañana había aterrizado en Huatulco, donde ya la esperaban Magda, su hermana, y Elena, amiga de ambas desde la infancia. Aunque era la primera vez en dos décadas que viajaban juntas, la razón no era la ideal: Amparo había enviudado semanas atrás y atravesaba un momento de profunda depresión. Después de toda una vida tenía que aprender a estar sola.

Magda y Elena organizaron la estancia en un todo incluido junto al mar que les diera la oportunidad de simplemente descansar. No había necesidad de salir a buscar restaurantes o cosas que hacer, pues todo lo tenían ahí dentro.

Antes de la cena Amparo les pidió un momento para caminar a solas por la playa. Una última oportunidad de estar triste, sabiendo que el propósito del viaje era olvidar por un momento el luto que llenaba cada minuto de sus días.

Prometió alcanzarlas en el restaurante que Elena había elegido. Aún no oscurecía por completo, la playa tenía un tono azul que le resultaba relajante, propio de los últimos toques de la luz vespertina. Había mar de fondo y, aunque no parecía peligroso, las banderas rojas colocadas por el personal del hotel vaciaron la playa entera en momentos para irse a las albercas. La playa pronto quedó desierta.

Amparo intentó ver dónde terminaba, pero su vista ya no era tan buena. En el horizonte, la playa parecía volverse una con la montaña verde, espesa de vegetación. Pensó en lo bonito que era el mar junto a la selva y caminó por largo rato intentando llegar hasta donde sus piernas cansadas le permitieran.

Casi cuarenta minutos después se dio cuenta de que no llegaba a ninguna parte y se había alejado más de lo que creía. La noche ya la había alcanzado, no se escuchaba más que las olas chocando cada vez más violentamente en la playa y comenzó a caminar de vuelta, pensando que ya la estarían esperando para cenar.

Perdió su vista en el mar por un momento, en el reflejo de la luna sobre las olas. Pensó en la muerte. Le aterraba la idea de que ese fuera el final. Las últimas palabras que le había dicho a su marido antes de morir fueron un reclamo absurdo por ponerle sal a su comida antes de probarla. Era un detalle de esos que odiaba en su pareja, que le molestaban profundamente. De esos detalles que, siempre demasiado tarde, las parejas reconocen que son irrelevantes.

En los últimos momentos junto a su esposo, en el hospital, Amparo le dijo todo lo que había guardado. Enumeró todos aquellos pequeños detalles que le harían falta cuando no estuviera él. Los médicos le permitieron estar a su lado, le advirtieron que ya no podía escucharla, pero ella le habló al oído hasta el momento de desconectarlo.

Amparo salió de aquel trance en el que la tenían sus recuerdos, como si la anclaran al mar. Recordó que no llevaba reloj ni teléfono, tenía que volver. Lo que menos quería es que sus compañeras de viaje estuvieran preocupadas por ella.

Apuró el paso consciente de lo paranoica que podía llegar a ser Magda. Notó otro hotel, uno que no había visto al pasar un rato antes por ahí. Era mucho más pequeño que en el que se hospedaban y parecía estar vacío por completo. Parecía abandonado, no había una sola luz encendida. Se detuvo un momento frente a él para observarlo, curiosa, cuando alcanzó a escuchar una voz a sus espaldas, escondida por el sonido del mar. Al voltear, en la oscuridad de esa playa, apenas iluminada por la luz de la luna alcanzó a ver la figura de una anciana que caminaba en su dirección, cojeando de la pierna izquierda. La mujer le hacía señas para que la esperara, y Amparo caminó hacia ella pensando que podía tratarse de una emergencia.

Otra figura se apresuró a llegar a la playa desde el hotel a su lado, un joven de pantaloncillos cortos, que le gritaba algo que no entendía. Magda se detuvo, el joven corrió hasta las escaleras que separaban ese hotel de la playa.

—No la espere. Siga caminando, por favor. No la espere. —En cuanto dijo aquello corrió de regreso hacia el interior de aquel lugar. Amparo volvió su vista a la mujer en la playa. La anciana se apoyaba de una andadera para caminar. Hacía un movimiento similar con los brazos, pero la velocidad a la que se aproximaba no coincidía con alguien que se mueve así. Se acercaba rápidamente a ella, como si fuera corriendo.

Entendió la advertencia del joven e intentó correr por la playa de vuelta hasta su hotel. Se acercó al mar para correr por la arena firme. Era delgada y ligera, pero sus piernas ya no eran las mismas de antes. Corrió hasta que estas no le dieron más y se doblaron, rendidas, a unos veinte metros de alcanzar la entrada a su hotel.

Volteó, esperando que aquella mujer ya no estuviera ahí, pero aún la seguía. Continuaba acercándose a ella cuando Amparo se dio cuenta de que aquella mujer no tocaba la arena. Flotaba treinta centímetros sobre el suelo. Se acercó. Estuvo a punto de llegar a Amparo, quien cerró los ojos, resignándose, preparándose para lo inevitable.

Aquella aparición se detuvo a pocos pasos de ella, luego giró hacia el mar para adentrarse en él, lentamente, y perderse entre las olas. Como momentos antes se habían perdido sus recuerdos.

Escuchó las voces de Magda y Elena, quienes preocupadas habían salido a buscarla. Iban acompañadas de un joven empleado del hotel. Le preguntaron si estaba bien y Amparo, sin temor a que no le creyeran, contó lo que acababa de ver. Les contó sobre aquella mujer que la seguía flotando sobre la playa para luego adentrarse en el mar. Antes de que sus amigas pudieran responder, el joven empleado le dijo que esa playa era bella y solitaria a cierto costo, pues estaba llena de leyendas, de fantasmas.

Magda y Elena le sonrieron por cortesía, convencidas de que se trataba de cuentos para engañar a los turistas. Amparo no creía en fantasmas y, hasta ese momento, le costaba creer en la vida después de la muerte. Sonrió.

EL CUERPO

Mis amigos y yo encontramos un muerto por el arroyo del Gato Bronco. Un señor gordo a medio enterrar debajo de unos matorrales. La mitad del cuerpo que sobresalía de la tierra apenas estaba cubierta por ramas y hojarasca, como si el asesino hubiera huido de prisa antes de poder sepultarlo por completo. Eso era raro en el pueblo, pues cuando matan aquí no dejan nada que se pueda encontrar. Aquí la gente le llora nada más a los recuerdos. A la ausencia.

Pero este hombre no parecía ser del pueblo ni de los alrededores, o al menos no se veía como nadie que nosotros conociéramos. Era más alto que cualquier tipo que hubiéramos visto, como el que vino con la feria el año pasado y que presentaron como "el hombre más fuerte del mundo".

Dos palazos de tierra le cubrían el rostro, pero nadie se atrevió a quitarla. Yo nunca había visto un cadáver, pero eso no era lo que me asustaba. Lo que me daba miedo era pensar de qué tamaño era el tipo que se había echado a un cristiano de esas proporciones. Lo más seguro es que había sido entre varios. Quizás todavía andaban cerca de ahí, escondidos entre los matorrales, burlándose de un puño de chamacos que les descubrieron el muertito y lo miraban asustados picándolo con ramas. O quizás estaban preocupados, dispuestos a enterrarnos a nosotros también con tal de no dejar cabos sueltos. Nada de lo que pasaba ahí se alcanzaba a escuchar en el pueblo, era el lugar perfecto para un crimen. Quién sabe cuánta de la gente que nunca regresó al pueblo estaba bien enterrada por ahí.

Fuera como fuera, había que irnos pronto. Todos estábamos muy nerviosos con excepción de Tomás, que estaba terco con que había que aprovechar lo que la suerte nos había puesto enfrente. Nos quería convencer de desenterrarlo todo lo que pudiéramos. Decía que si el asesino se había ido sin sepultarlo por completo era porque algo lo había asustado y seguramente no había tenido el cuidado de revisarlo por completo.

Todos miramos en silencio cómo Tomás le quitaba tierra de encima con sus propias manos, con cuidado, como le hacen los que descubren tesoros y piezas antiguas en las películas.

Por lo tieso que estaba parecía que el muerto tenía al menos un día ahí. Estaba descalzo y solo llevaba puesto un overol de mezclilla azul, viejo y podrido, que parecía que había estado enterrado por años.

Escuchamos un silbido que se acercaba y lo reconocimos de inmediato: don Pascual, un viejito que se dedicaba a hacer mandados y llevar recados de pueblo en pueblo en la zona y que a veces recorría el sendero que iba junto al arroyo. Le gustaba caminar por ahí cuando no llevaba nada urgente. Era un sendero largo, pero más bonito que ir al lado del camino respirando el polvo que levantaban los coches. Tomás sacó una navaja que nunca le habíamos visto, en un solo movimiento trozó algo del muerto y salió corriendo sin decir una palabra. El muy canijo le había cortado un dedo, el anular, seguramente por llevarse un anillo que no pensaba compartir con nadie. Corrimos todos detrás de él, pero ya no lo vimos hasta que llegamos al pueblo, a lo lejos, del otro lado de la calle, con una mirada en el rostro que hasta ese momento no le conocíamos. Una mezcla de miedo y vergüenza.

Todos teníamos miedo de que don Pascual nos hubiera visto cerca del muerto, pero nadie se quería rajar ni contarle a la policía; nos íbamos a llevar a Tomás entre las patas. Robarle a un muerto, cortarle un dedo… nunca había llegado tan lejos y sabíamos que eso no se le iba a perdonar con un regaño. Concordamos todos en que, aunque era un cobarde, también era nuestro amigo, así que la única opción que nos quedaba era no decir nada y esperar.

Pasara lo que pasara, ya no podíamos abrir la boca. Nos tocaba aguantar vara.

Pero don Pascual nunca llegó al pueblo y al parecer solo nosotros lo notamos. Nadie reparó en ese viejito que recorría los caminos haciendo mandados por unos pesos y que ese día ya no regresó. Tomás decía que el calor en el pueblo era tan fuerte que los corazones de la gente estaban tan secos como sus calles de tierra. Decía que era natural, que por eso teníamos que aprovechar cualquier oportunidad que tuviéramos para largarnos.

Esa noche los perros estuvieron ladrando por todo el pueblo, como si algo lo hubiera recorrido, calle por calle. A las dos de la mañana los perros se habían callado pero yo seguía despierto. Una voz en la calle me llamó la atención. La voz chillona de Tomás. Me asomé por la ventana y lo vi pasar por la calle mientras intentaba explicarle algo a Iván, su hermano mayor, que no vivía en el pueblo. Andaba de malandro en la capital y seguramente había ido de visita. No fue difícil imaginar hacia dónde se dirigían: Tomás iba a aprovechar la presencia de su hermano para regresar a buscar al muerto y ver qué más le podían sacar.

La tarde del día siguiente la abuelita de Tomás fue a preguntarme si no sabía dónde andaban sus nietos. Ni él ni Iván amanecieron en casa y no le avisaron que saldrían. La pobre ya había recorrido el pueblo entero buscándolos y preguntando por ellos a todos mis amigos.

Sin pensarlo, me fui al arroyo a buscarlos cerca del muerto, pero cuando llegué lo único que quedaba eran los restos de hojarasca y de las ramas apiladas. La tierra revuelta, como si lo hubieran sacado de ahí. No había señales de Tomás ni de su hermano.

Un día después otro grupo de chamacos, más chicos que nosotros, se fue a bañar a un punto del arroyo donde el agua se juntaba y apenas corría entre las piedras. Ellos también encontraron un muerto. Al cuerpo de Iván le quedaban pocos huesos sin romperse. Nadie pudo explicarse cómo la corriente tranquila del arroyo pudo haberle provocado algo así.

Don Pascual regresó al pueblo días después. Unos cazadores lo encontraron caminando varios kilómetros entre la sierra. No sabemos qué le pasó, pero ya nunca volvió a ser el mismo. De aquel viejito lúcido y dicharachero que

andaba de pueblo en pueblo solo quedó la sombra, un señor que se hacía pequeñito y que se sentaba afuera de su
casa a conversar solo y repetir incoherencias. Entre ellas
dijo algo que nadie tomó en serio, pero que a mí y a mis
amigos nos golpeó diferente. Una frase que dolía: allá en la
montaña vio a un gigante, o así lo describía él. No llevaba
puesto más que un overol de mezclilla azul y cargaba el
cuerpo de un niño.

DESDE AQUÍ
PUEDO VERLO
TODO

Desde aquí puedo verlo todo. Puedo verlos a todos.

Siempre soñé con visitar a los abuelos. Con conocerlos y que me contaran sus historias. En casa no se hablaba mucho de ellos, jamás se acostumbró. Cuando preguntaba por ellos se rehuía el tema. De lo poco que sabía era que vivían en una colonia vieja, cerca del centro histórico de la Ciudad de México, en su mero corazón, en lo que en alguna vez fue la casa de un funcionario importante del gobierno de Porfirio Díaz. En algún momento en la segunda década del siglo pasado, aquella casona se dividió en varias propiedades, una de ellas se la quedó la familia de mi abuela, la única hija y única nieta. Ese lugar, que era enorme a pesar de ser solo una fracción de la casona original, terminó siendo su casa desde que se quedó sola por completo, a los dieciocho años.

De alguna forma la habitó sin volverse loca. Entregada a la restauración y estudio de los libros que reunió desde muy pequeña. Libros extraños que eran traídos desde muy lejos y costaban una fortuna. Con el tiempo conoció a mi abuelo, un joven que tampoco tenía familia y estaba tan solo como ella, si eso resultaba posible. Se enamoraron

131

al vivir su soledad juntos y entonces esa casa fue para los dos.

Tuvieron solo un hijo, mi padre. Un niño demasiado serio que habló hasta los cinco años, que nunca hizo muchos amigos y que creció lleno de miedos: aquella casa le aterraba, pero aprendió a controlar el miedo porque su única diversión era pasear a solas por los pasillos de ese lugar. El único sitio al que no se le permitía la entrada era al estudio, donde la abuela conservaba su colección de libros.

En cuanto tuvo la edad suficiente decidió dejar la casa de sus padres. Se alejó tanto como pudo de la ciudad. Primero con el pretexto de hacer cursos fuera del país en los veranos, luego para estudiar una carrera en una universidad privada en Baja California, y finalmente casándose y haciendo una vida tan lejos como le fue posible: en Mérida, Yucatán. De esquina a esquina del país, sin pasar ni por equivocación por la capital. Parecía que había hecho una lista de los lugares que le permitían estar más alejado de sus padres, de la casa donde creció. Fue construyendo su vida con las oportunidades que en esos lugares iba encontrando.

A mí me contaba que jamás había querido formar una familia en una urbe tan grande, tan salvaje como la Ciudad de México; no era sano. Le repitió lo mismo a todo el mundo, y los abuelos, al parecer, compraron ese pretexto. Jamás lo obligaron a volver, ni siquiera lo intentaron. Tampoco nos visitaron en Mérida. Nunca supe si me quisieron conocer. No hubo llamadas telefónicas, solo dos cartas en las que le pedían a mi padre que me besara de su parte. Fue como si hubieran aceptado olvidarse de nosotros. Como mi mamá había perdido a sus padres también a muy temprana edad, crecí sin entender ese concepto de los abuelos del que tanto parecían disfrutar mis amigos.

La mía era una familia de gente muy sola. Como mis padres y mis abuelos paternos, también soy hijo único, pero a veces, por alguna razón, siento que no es así. Se trata de una sensación en la nuca que me dice que había alguien más, o que debería de haberlo. La sensación permanente de que alguien nos falta. Le he preguntado a mi madre en varias ocasiones si alguna vez perdió un bebé, o si tuvo un aborto, cualquier cosa que pudiera explicar ese sentimiento que me asalta de repente, pero no. Solo me dice que son ideas mías a las que no debo de hacer mucho caso.

Por eso quedamos tan solos, tan desprotegidos en todo sentido cuando papá murió.

—Cierra los ojos —me dijo en aquella cama de hospital, de madrugada, mientras yo lo cuidaba y mi mamá dormía. Le pregunté si necesitaba algo, si se sentía bien, pero solo repitió aquella frase una, dos, tres veces más: "Cierra los ojos". Pensé que deliraba, que era la debilidad de su cuerpo, la muerte que estaba cada vez más cerca, y salí a buscar a una enfermera. Cuando regresamos, mi papá se había ido.

Era nuestra guía, nuestro sostén, y lamentablemente —quizás— una especie de burbuja que siempre nos protegió de los peligros del mundo exterior. A mi mamá le dio todo lo necesario para que no tuviera que trabajar y para que ni siquiera tuviera que salir a la calle, o lo evitara en lo posible.

A mí me inscribieron desde preescolar en una escuela católica, a pesar de que en casa no profesábamos ninguna religión, pero era como si de esa forma sintiera que yo también estaba protegido. Aquel colegio contaba incluso con transporte que pasaba a recogerme cada mañana y me regresaba hasta la puerta de la casa cada tarde. Nunca fui a jugar a la casa de nadie más.

Nunca tuve amigos.

La muerte de papá fue un terremoto que sacudió nuestra forma de vida, nuestra estructura familiar desde lo más profundo. Ese monstruo en el que se puede convertir la vida nos masticó, nos paseó en la boca un rato y luego nos escupió.

Mi papá fue incinerado; depositamos sus cenizas en la iglesia de un pequeño pueblo junto al mar, a una hora de Mérida. No le contamos a nadie que estaría ahí. Ese fue el primer deseo de mi padre. Terminando ese procedimiento avisamos a mis abuelos. Ese era el segundo.

La noticia los destrozó. También les dolió enterarse de aquella extraña solicitud de mi padre. Nos pidieron viajar a Ciudad de México, mudarnos con ellos para que no nos preocupáramos por lo económico en un momento como ese, en una etapa tan difícil, pero mi mamá se negó rotundamente. No porque no quisiera, no porque no pensara que era la decisión más sensata, sino porque eso le hubiera molestado a mi padre.

Cuando pasaron los meses y mi madre no conseguía empleo mientras que el poco dinero que dejó mi padre se iba acabando, ya no hubo forma de rechazar aquella generosa oferta que se repetía varias veces cada semana, en cada llamada de mis abuelos.

—Si ustedes lo deciden, en una semana estarían instalados aquí. Mandaremos una mudanza por ustedes para que traigan todo lo que no quieren dejar atrás. Ya hasta encontramos un colegio para Benny, católico como el de allá y no muy lejos de aquí, conocemos a la directora, coleccionista de libros antiguos, como nosotros, así que no tendrán inconveniente con recibirlo a estas alturas del curso. Por los gastos ni se preocupen.

Aquella última oferta fue tan tentadora que terminamos aceptando y tan solo dos días después estábamos viajando por carretera hasta la capital, seguidos por el camión de mudanza, pues mi madre le tiene pavor enfermizo a volar.

Apenas al entrar a la ciudad me impresionó ese monstruo de veinte millones de cabezas del que tanto me habían hablado y yo había leído. Había entendido también, de una forma que no logro explicar, los deseos de mi padre de alejarnos de ahí, pero al mismo tiempo sentí una fascinación por adentrarme en ese universo de gente, de lugares, donde las posibilidades son infinitas.

Mis abuelos nos recibieron con las puertas abiertas y con todo el amor que habían estado guardando por tanto tiempo. O por lo menos mi abuela se desbordaba de felicidad. No podía creer que por fin hubiera vida en aquella casa que parecía estar condenada al silencio. Sobre todo desde que, década y media atrás, la abandonó mi papá.

Parecía un museo viejo y olía como tal. Me abrumó ese olor placentero de las casas viejas, y parecía que dentro de ella cada rincón y cada objeto tuvieran una historia que contar. Desde aquella primera noche ahí, cuando no podía dormir, me aventuré a explorarla. Había algo que llamaba poderosamente mi atención al fondo del pasillo principal que iba hasta las recámaras: un cuadro. La pintura al óleo mostraba a una mujer de unos cincuenta años, extremadamente delgada, sin cejas, de pelo negro, que posaba desafiante, que con su mirada parecía resguardar aquel pasillo

cuyo extremo contrario guardaba la puerta permanentemente cerrada del estudio de la abuela. La ropa de aquella
mujer parecía ser de la época de la Revolución mexicana y,
por alguna razón, me recordaba a la misteriosa serenidad
de los protagonistas de las pinturas de Jan van Eyck, de
quien había leído poco antes en una clase de historia del
arte. Además de misterioso, el cuadro parecía tener cierta
energía, un magnetismo que te atraía a él al mismo tiempo
que provocaba algo de miedo.

Pasaron varias noches para que me atreviera a observarlo de cerca. Aquella mujer podía resultar aterradora, sí,
pero había algo más. Detalles diminutos en la pintura que
me provocaban un sentimiento de desolación, de la más
profunda tristeza. Detalles que solo eran notorios cuando
te acercabas a una distancia casi íntima. Detrás de la mujer
había una colina, y en ella decenas de personas. O parecían
serlo. Eran figuras, siluetas, algunas solamente formadas
por uno o dos trazos, otras cercanas y llenas de detalle.
Aquel cuadro me aterraba y me entristecía por igual, así
que evitaba pasar frente a él, llegar al fondo del pasillo que
vigilaba. Cuando no había más remedio y tenía que hacerlo, bajaba la mirada.

Frente a aquel cuadro, una foto me llenaba de nos-
talgia. En esa foto apenas tenía tres años y llevaba un
sombrero de vaquero que me quedaba enorme; mis padres, con quienes aparecía en la imagen, me habían hablado con tal detalle de ese momento que, pese a haber sido
casi un bebé, habían construido con su narración ese recuerdo en mi memoria tan claro como si fuera propio.
Ese día pasamos por enfrente de un estudio fotográfico
y mi madre sugirió entrar; mi papá se probó unos som-
breros, luego le puso uno a mi mamá y me pusieron uno

a mí también. Ambos reían, pero mi mamá quería una foto seria, así que dejaron los disfraces de lado. Yo no quise quitarme el mío. Lloré y lloré hasta que se dieron por vencidos y me dejaron salir en la foto así, con aquel sombrero. Hacía años que no veía esa fotografía, cuando desapareció de casa. No tenía idea de que la hubieran enviado para allá.

Con el pasar de los días empecé a comprender la soledad que emanaba esa casa, esa de la que tanto hablaba mi papá. Mi mamá se concentró en ayudar a mis abuelos con las labores del hogar y yo, cuando llegaba de la escuela y terminaba mis tareas, me dediqué a observar por las ventanas. Así conocí a Pedro, un muchachito tan solo un año más pequeño que yo, pero mucho más bajito que apenas cursaba quinto grado en una primaria pública a tres cuadras de ahí. Su familia tenía un puesto de revistas a la vuelta y él se iba a nuestra calle, siempre callada y tranquila, a hacer su tarea.

La primera vez que lo vi, garabateando en un cuaderno apoyado en el marco de una de nuestras ventanas, lo invité a pasar para que tomara un lugar junto a mí en esa mesa larga donde hacía mis tareas, pero se negó. Para ganarme su confianza empecé a salir a esa banqueta y ahí me ponía a leer, a escribir, a hacer también parte de mi tarea. Eventualmente empezamos a platicar y pronto nos hicimos amigos. Volví a preguntarle entonces si no prefería entrar y hacer la tarea adentro, conmigo. Le aseguré que mis abuelos no se molestarían.

Esta vez decidió preguntarle a su hermano Miguel, un joven de unos dieciséis o diecisiete años, que era casi siempre quien atendía el puesto de sus padres. Lo acompañé a pedir permiso.

Cuando le dijo de qué casa se trataba, su hermano se negó, mencionando algo en voz baja, para que yo no pudiera escuchar, pero alcancé a entender que le recordaba que específicamente les habían pedido que no se acercaran ahí. Yo entiendo la fascinación que pueden provocar lugares como… como la casa de mis abuelos, con las leyendas que le encanta contar a la gente. Es divertido. Yo mismo les había contado a mis compañeros de una ocasión en la que me quedé tarde y vi el fantasma de una monja en los pasillos de mi colegio en Mérida. Por supuesto que estaba mintiendo.

Le aseguré a Miguel que no había nada extraño detrás de aquella puerta, en la casa de mis abuelos. Le dije que yo vivía en ella con toda tranquilidad. No era momento de confesar que lo que sí había era una mujer en un cuadro que parecía seguirte con la mirada.

Después de un rato accedió, Pedro y yo corrimos a casa y trabajamos en nuestras tareas un rato para luego terminar leyendo un montón de cómics que sacó de su mochila.

—La ventaja de que mi familia se dedique a vender revistas —me dijo sonriendo, compartiéndome aquel tesoro que no le gustaba mostrar, y me dijo que escogiera los que me gustaran, que podía quedarme con ellos. A él le sería fácil volver a conseguirlos.

Miguel pasó por Pedro poco después de que oscureció, luego de cerrar el puesto. El silencio en la casa era profundo. En algún lugar de ella se encontraban mis abuelos y mi madre, pero en ocasiones, en noches como esa, parecía como si no estuvieran ahí. La soledad era permanente en esa casa, aunque fuera solo una ilusión.

Poco después los escuché en el comedor y nos encontramos para cenar. Me contaron que mi mamá y mi abuela estuvieron trabajando juntas en la restauración de un libro que acababan de enviarle a la abuela desde Irán. Lo hacía con un cuidado particular porque sería un regalo. Mi abuelo, serio como siempre, me dijo que había visitado a unos conocidos ahí cerca.

Cenamos en silencio. Lo único que se escuchaba en toda la casa eran los cubiertos golpeando sutilmente contra los platos. No llegaba un solo sonido desde la calle. Parecía que solo existíamos nosotros y lo que iluminaba esa lámpara vieja sobre el comedor. Al terminar, como acostumbrábamos, de inmediato nos fuimos todos a dormir.

Después de la cena ya no nos permitían ni a mi madre ni a mí estar fuera de nuestras habitaciones. "No los quiero dando vueltas por la casa en horas que no son de Dios", eso nos había repetido mi abuela desde la primera noche.

La habitación de mi madre estaba frente a la mía, apenas cruzando el pasillo. Por suerte eran las primeras en este, las más lejanas de aquella horrible mujer de la pintura, y lo agradecía cada noche más porque con el paso de los días me iba pareciendo más insoportable verla. Cada vez me provocaba más incomodidad, un sentimiento de miedo y tristeza perdido en el tiempo, como cuando un médico te dice que alguien que amas no va a sobrevivir la noche. Solo así puedo explicarlo.

Como todas las noches me encerré, dispuesto a no salir por ningún motivo de mi habitación hasta la mañana siguiente. Apenas me quedaba dormido cuando un sonido llamó mi atención: alguien caminaba por el pasillo. Unos pasos que no me resultaron conocidos. Traté de asomarme por debajo de la puerta pero fue inútil. No lograba ver nada, pero pegaba mi oído a ella y escuchaba, claramente, cómo no era una sino varias personas caminando de un lado a otro allá afuera. No era mi madre, no eran mis abuelos. Había alguien más en la casa; se trataba de algo que no había escuchado hasta entonces.

No tenía valor para abrir aquella puerta, aunque puse mi mano en la perilla, aunque toda la curiosidad que cabía en mi cuerpo me empujaba a hacerlo. El miedo era más fuerte. Los pasos que se dirigían a mi puerta no eran disimulados, no se intentaban esconder. De pronto, con la perilla aún entre las manos, sentí cómo alguien intentaba girarla desde afuera para entrar. Di dos pasos atrás sin quitarle la vista de encima a la puerta, vi la perilla girar, la vi abrirse. No pude gritar, no pude correr, no pude esconderme debajo de la cama. Lo único que pude hacer en ese momento fue cerrar los ojos y, al hacerlo, escuché de nuevo aquellas últimas palabras de mi papá: "Cierra los ojos".

Algo entró a la habitación. Pude sentirlo. Algo se asomó en ella y me vio parado ahí, con los ojos cerrados intentando dejar de temblar.

Los abrí hasta varios minutos después, cuando escuché cómo esos pasos salieron de mi cuarto, cómo se perdieron por el pasillo, cómo el silencio se volvió a apoderar de todo en aquella casa. Sin abrir los ojos cerré la puerta e intenté llegar de vuelta a la cama. Debajo de las cobijas, como si fueran a protegerme, por fin tuve el valor de abrirlos.

No me destapé hasta que amaneció y sentí los rayos del sol empeñados en atravesar las gruesas cortinas que cubrían la ventana de mi cuarto. Mi corazón sintió un alivio al escuchar a mi mamá despierta, así que me levanté y le pregunté si estaba bien, si había podido escuchar los pasos de la gente que estuvo ahí dentro. No tenía idea de a qué me refería.

No tuvo caso insistir. El convencimiento de mi madre era tal que terminé por sentir que todo había sido la pesadilla más real que pudiera recordar.

En la escuela, en aquel colegio católico que mis abuelos habían encontrado para mí, terminé por distraerme, o intenté hacerlo al menos, toda la mañana. Intentaba olvidarme de lo que había vivido y convencerme de que podía tratarse del estrés de la mudanza, o del nerviosismo que me provocaba cada día de clases en aquella nueva escuela.

De regreso a casa pasé a buscar a Pedro al puesto de periódicos de sus padres, solo estaban Miguel y su mamá. Les pregunté por qué y se miraron entre ellos.

—¿Quién es Pedro? —me preguntaron entre risas, y yo, pensando que me jugaban una broma, les dije que me refería a su hijo menor, al niño que se ponía a hacer sus tareas en la calle de atrás, el que una noche antes habían dejado ir a mi casa un rato.

La señora me ignoró y siguió acomodando las revistas pálidas por el sol. Yo me concentré en su hermano, me puse frente a él y le pregunté de nueva cuenta dónde estaba Pedro, dónde estaba su hermano. Con la voz más amable y paciente que pudo, Miguel me respondió que no quería perturbarme, pero que seguramente me estaba equivocando de familia, tal vez de puesto, que había uno a dos cuadras de ahí, que fuera a preguntar.

Cuando me alejé confundido, me di la vuelta para ver de nuevo aquel puesto y noté cómo Miguel me clavaba la mirada mientras hablaba con su madre. Al llegar a casa la duda me corroía, y me fui a buscar el otro puesto que era totalmente distinto. Era absurdo pensar que podría haberme equivocado, pero quise hacerlo. Quise ver con mis propios ojos que el otro lugar era distinto para poder volver a pasar por el de Pedro y exigirle a su familia que se dejara de juegos. Al volver me encontré de nuevo a Miguel. Le dije que no me estaba confundiendo, que la noche anterior él le había dado a su hermano permiso de ir conmigo a esa casa a la que sus padres no le permitían acercarse, le dije todo lo que hablamos, de cómo tuvimos que convencerlo. Miguel, con el rostro cada vez más confundido, me juró que no sabía de qué estaba hablando. En ese momento, al menos, me di por vencido.

Regresé a casa y al fondo del pasillo vi cómo la abuela atravesaba apresurada hacia su habitación, desnuda. No era la primera vez que la sorprendía de esa forma; hasta entonces pensaba que sería difícil para ella acostumbrarse a que ya no vivían solos, que tendría hábitos de los que le costaría desprenderse. Después de un rato me habló, me acerqué a su habitación. La puerta estaba cerrada, desde dentro me dijo que mi madre había salido, que estaría fuera todo el día, también mi abuelo, que me preparaba algo de comer cuando tuviera hambre. En ese momento lo que tenía era el estómago lleno de nervios y de incertidumbre. Lo último que pensaba era en comer. No entendía lo que se traía la familia de Pedro.

Me senté a hacer mi tarea junto a la ventana para ver si de casualidad pasaba Pedro y me explicaba qué estaba pasando, y me decía que todo había sido una broma de sus padres o una forma para deshacerse de mí. Quería que al menos se presentara ahí para decirme que ya no le permitirían ir a mi casa. Lo único que quería era verlo, saber que estaba bien. Nunca llegó.

Aquella casa enorme se expandía, o así lo sentía. Sus pasillos se alargaban interminables y las habitaciones se extendían gigantescas, pero irónicamente, conforme transcurría la tarde, el vacío de ese espacio parecía ir comprimiéndome más y más, a punto de aplastarme e implosionar. Sentí que no podía respirar y estaba por salir cuando me encontré en la puerta a mi abuelo. Me dijo que mi mamá estaba a punto de llegar con la cena, que no me fuera a salir ya.

Mi abuelo, sobre todo, se había vuelto seco y distante conmigo al paso de los días. La efusividad de nuestra llegada, aquella sonrisa, aquel gusto por verme, ya no estaban. Había intentado ignorarlo, pero en ese momento me di cuenta de que no podía ni quería contarle lo que me pasaba. No sentí que pudiera confiar en él.

Podía escuchar mi corazón, mi respiración. Eran lo único claro. Todo lo demás se escuchaba lejano, amortiguado, como si estuviera debajo del agua. Ese sonido lejano se fue volviendo más claro, hasta que por fin reconocí la voz de mi mamá, llamándome, pidiéndome que fuera a cenar. Me sirvió la cena que había llevado, pero apenas la toqué. Mis abuelos estaban inmóviles, en completo silencio, sin tocar la comida frente a ellos. Mi mamá parecía normal, sin darse cuenta de su comportamiento o de mis nervios. Sentía que estaba a punto del desmayo. Le pedí permiso para irme a dormir temprano.

Desde mi cuarto escuché cómo tocaron a la puerta que da a la calle. Abrió mi mamá. Una voz preguntaba por mí, me asomé desde mi cuarto: Miguel. Por lo que alcancé a escuchar no logró explicar para qué me buscaba. Dijo que era algo pendiente, que tenía una pregunta y volvería después. Si hubiera tenido fuerza habría salido a hablar con él.

Me acosté en la cama sin ganas de levantarme. Entrada la noche, empecé a escuchar pasos, pasos que de nueva cuenta se acercaban a mi habitación. Esta vez solo pude taparme y apretar los ojos. Toda la fuerza que le quedaba a mi cuerpo la concentré en mantenerlos cerrados, pasara lo que pasara…

Cierra los ojos. Cierra los ojos.

Por la mañana desperté un poco mejor. Parecía que se habían ido, aunque fuera momentáneamente, el miedo, la ansiedad, pero había pasado una noche tan terrible que a pesar de no recordar nada, toda mi ropa estaba empapada. Había sudado toda la noche.

Me di un baño y salí a desayunar. Solo estaba mi mamá en el comedor y le pregunté quién me había ido a buscar. Me dijo que nadie. Le insistí, le dije que había escuchado que alguien llamó a la puerta, que había visto a alguien preguntando por mí. Pero mi mamá y luego mis abuelos, que me observaban inmóviles desde la cocina, me aseguraron que no había ido nadie, que estuvieron despiertos hasta tarde y nadie había pasado por ahí.

Decidí no insistir. No tenía caso. En la escuela no pude concentrarme. No dejaba de pensar en Pedro, en la visita de Miguel, en aquel sentimiento de desolación que poco a poco se apoderaba de la casa.

Cuando regresé de la escuela esa tarde pasé por el puesto de revistas para ver si veía a Miguel y me daba alguna noticia de Pedro, pero solo estaban sus padres. Al día siguiente hice lo mismo, y uno más. Ya no estaba ahí. El fin de semana me acerqué y con el pretexto de comprar una revista le pregunté a los señores por su hijo, por Miguel. Les pregunté si ya no iba a volver. De nuevo, aquella mirada confundida, perdida en mi pregunta.

—Aquí no hay ningún Miguel —respondió el señor algo molesto. Su mirada, la de la señora… algo me decía que no estaban mintiéndome, que no se estaban burlando de mí. ¿Por qué lo harían? Siguieron trabajando y me atreví a preguntarle a la señora si me había visto antes, si me recordaba preguntando algo en otro momento. Me respondió que creía recordarme, pasar todos los días con uniforme de escuela privada, diferente al de los demás niños de la zona. Nada más. Estuve a punto de mencionarle a Pedro, a Miguel, a sus hijos.

Me apresuré a regresar a la casa de los abuelos, confundido, con una sensación de derrota que no lograba digerir o siquiera comprender. Lo peor de todo es que tenía un mal presentimiento: la certeza de que algo terrible estaba por suceder.

En casa, aquel silencio sepulcral llenaba cada rincón, como si hasta el sonido temiera entrar. Ya en mi cuarto, me metí debajo de la cama, era algo que me brindaba seguridad desde que era niño. Escuché un golpe fuerte en el pasillo, luego unos pasos pesados que parecían sacudir la casa hasta sus cimientos.

Ese ruido era nuevo. Pensé en mi papá y en lo que se había esforzado para mantenernos lejos de ahí. Pensé en mi madre, callada y ausente desde que llegamos, y en mis abuelos, unos desconocidos que, aunque cariñosos el primer día, ahora se comportaban como maniquíes vivientes, sin ningún atisbo de vida en su interior.

Y luego alguien entró en mi cuarto.

Aún sin creer empecé a repetir en voz alta las oraciones que había aprendido en la escuela. Los pasos resonaban cada vez más cerca de mi cama.

Pensé en mi casa en Mérida, en lo felices que éramos allá. Cerré los ojos y al apretarlos pude ver de nuevo el día en que nos tomamos aquella foto donde aparezco con sombrero de vaquero, en lo felices que éramos. Me recordé a mí mismo jugando con la tapa de una botella de refresco que me compraron antes de entrar ahí. En mis manos podía sentirla, al mismo tiempo que el miedo, que el inminente final que se acercaba con esos pasos que estaban ya frente a la cama. Podía sentir de nuevo aquel pedazo de plástico en mis manos. Insignificante y, a la vez, el tacto más hermoso del universo.

Alguien me llamó por mi nombre, alguien se estaba asomando por debajo de la cama. Una voz que al mismo tiempo era la voz de decenas de personas. Apenas logré ver un rostro sin cejas y luego... luego hubo un negro absoluto en mi cabeza, como si algo me hubiera golpeado justo entre los ojos.

El vacío.

No podía ver nada, no podía escuchar nada, no podía sentir. Ni siquiera lograba dibujar algún pensamiento. Recuerdo que, sin poder colocarlo en palabras, me dejé llevar. Acepté que eso que estaba experimentando era la muerte. Quise absorberlo. Quise llenarme de ese último momento de vida, de conciencia, de ese último instante de existencia...

Desperté. Lamentablemente desperté. Inmóvil. Delante de mí estaba aquella mujer, la de la pintura, dándome la espalda. Lo único que podía mover eran los ojos y así, con mucho esfuerzo, reconocí que estaba parado en una colina. Frente a mí, por delante de esa mujer, alcancé a descifrar una imagen horrorosa, una imagen que conforme han pasado los días, meses, años —no lo sé— pude empezar a reconocer: me aterró darme cuenta de que lo que veía frente a mí era el pasillo, pero con el tiempo logré ver más allá. Empecé a reconocer el cruce ocasional de mi madre, mi abuelo contemplando el cuadro con una tristeza que parecía indescifrable. Puedo ver a mi abuela entrar desnuda cada noche al estudio, leer un enorme libro negro cada madrugada. Desde aquí puedo verlo todo. Puedo verlos a todos

El último detalle en el pasillo que he logrado reconocer es aquella fotografía que amaba tanto, el registro del recuerdo más feliz de mi existencia. Sin embargo, ahora era distinta: en la foto solo aparecen mamá y papá.

A QUÉ LE LADRAN
LOS PERROS

3 de julio de 1989

Los perros ladraron toda la noche. Les dije a mis hermanos que era porque ellos también extrañaban a mi abuelita. Mañana se hace una semana que no está, de que vinieron aquellos señores con armas buscando a mi tío Felipe. Mi abuela les dijo que hacía años que no sabía de él, que aquí nomás vivía ella con nosotros, los hijos de Joaquín y Martina, y que ninguno de nosotros tenía que ver con las movidas en las que anduviera su hijo menor.

En cuanto se fueron, de todas formas, la abuela sacó dinero de unas latas que tenía debajo de su ropa en un cajón. Dinero que le habían mandado mis padres para que construyera otro cuartito aquí y no estuviéramos tan apretados. Me dijo que tenía que encontrar a mi tío Felipe antes que esos hombres, que le iba a dar el dinero para que se fuera del pueblo, muy lejos, y ya no volviera por ahí.

Me prometió regresar por la mañana, nomás iba al pueblo a encontrar a su hijo y luego luego regresaría. Con suerte hallaría a alguien que la acercara un poco para acá, su rodilla mala le hacía cada vez más difícil subir del

151

pueblo para acá. Me dijo que cuidara de mis hermanos y que no saliera de la casa, que alguno de esos hombres podían quedarse por aquí cerca, esperando a que viniera mi tío a esconderse o a despedirse de su madre.

Pero ya pasó una semana y la abuela no ha vuelto, y a mí me da miedo bajar al pueblo y dejar a mis hermanos. Las gallinas nos siguen dando huevos, la chiva sigue dando leche. Nomás salimos los tres juntos cuando vamos por agua al arroyo. Me da miedo ir sola hasta allá. Ayer mientras Franco y yo llenábamos los cántaros, Ramón se la pasó señalando algo entre los árboles. Empezó a repetir "cucuy". Era inútil preguntarle más. A veces me da coraje que tenga cinco años y no sepa hablar, pero mi abuela dice que hay que tenerle paciencia.

Cuando nos acostamos a dormir, se sentó de la nada en la cama, dijo de nuevo "cucuy" y señaló hacia la ventana. La había tapado con una cobija para que nadie se pudiera asomar, pero me dio curiosidad saber si andaría alguien afuera. Quise despertar a Franco, pero ya andaba bien dormido. Los perros ladraron toda la noche.

5 de julio de 1989

Mi abuela todavía no vuelve. Los perros le ladran a algo entre los árboles en cuanto se hace de noche. Algo se llevó a una gallina y Franco tuvo que ir a buscar la cabra que ya había agarrado camino hacia el monte. Dijo que creyó ver a algo esconderse entre los árboles. Le pregunté si era alguno de los hombres que habían venido a buscar a mi tío, pero me dijo que no. No sé qué habrá visto, se quedó callado toda la tarde.

Los perros se ponen a ladrar como locos a cada rato y Ramón empieza a gritar "cucuy" y corre a esconderse debajo de la cama. Ya le dije que no hay nada allá afuera. Seguro anda algún animal rondando, el mismo que se llevó a la gallina, pero no quiero asustarlos. A escondidas le pido a la virgencita que ya regrese la abuela.

Mi mamá siempre dijo que sabía que su hermano la terminaría matando de un coraje. Hace años que no se sabía nada de él, desde antes de que mis papás se fueran para el otro lado.

6 de julio de 1989

Hoy fue un buen día. Aunque ya no hay mucho que comer, nos fuimos todos a meter los pies al arroyo. Nos acordamos de cómo se veía la primera vez que nos llevó mi papá, cuando no se estaba secando. Ramón no se acuerda de cómo son mis papás y no tenemos fotos, pero Franco y yo le platicamos mucho de ellos para que los tenga siempre presentes, para que los vaya dibujando en su cabeza. A veces lo incluimos en recuerdos que tenemos de antes de que naciera para que de grande se acuerde como si hubiera estado ahí. Le preguntamos si se acuerda de esos momentos y él nomás dice que sí.

Franco me preguntó si todavía pienso que mi abuela va a volver y le dije que aún podíamos aguantar unos días, que llegado el momento ya veríamos qué hacer si se nos acababa la comida y la abuela no había regresado. Me dijo que él podía bajar a buscarla al pueblo. Yo ya le había dicho que si nos vamos, nos vamos juntos, no quiero que luego andemos todos desperdigados. Mis papás lejos, mi tío Felipe escondido y la abuela perdida buscándolo. Ya teníamos suficiente familia desbalagada como para que él también se separara de nosotros.

Me dijo que de grande quería ser policía, encontrar niños perdidos, de esos que se llevaban los de las camionetas. Le advertí que si era policía le iba a tocar andar detrás de mi tío Felipe y él se empezó a reír. Entre carcajadas me dijo que se enojaría con él mi abuelita. Nos reímos mucho, intentando no pensar en qué le habría pasado a mi tío o en dónde estaría mi abuelita. Creo que en el fondo los dos supimos que no los íbamos a volver a ver. Ahogamos esos pensamientos en risas más fuertes que retumbaron por todo el cerro. Ramón se reía con nosotros sin saber por qué.

Los perros mataron un conejo que les alivió el hambre a los pobres. Como el pan duro que les remojábamos se los di en un caldo ayer a mis hermanos, al menos ya tuvieron hoy que comer.

Regresamos nada más porque se soltó la lluvia de repente. Franco traía en la espalda a Ramón, todavía risa y risa. Yo sé que en el fondo, aunque no lo diga, quiere mucho a su hermano.

7 de julio de 1989

Franco se fue al monte hace horas y no ha regresado. Nos gritamos muy feo hace rato. En la mañana me despertaron los perros ladrando y las voces de mis hermanos allá afuera, en el camino, hablando con alguien. Cuando salí a ver qué pasaba Franco me dijo que se acercó una señora, que preguntó por mi abuela, o por algún adulto en la casa. Le preguntó si necesitábamos algo y Franco le respondió que no, que estábamos esperando a mis papás que llegarían en un rato. Que nos habían avisado que ya estaban en el pueblo.

Le grité que era un idiota, que cómo pudo mentirle a la señora si seguramente nos preguntaba para ofrecernos ayuda. No me contestaba nada, nomás se le salían las lágrimas y decía que ya la había visto antes, entre los árboles, mirando desde lejos a Ramón.

Le pregunté por qué no me había dicho nada si esa señora tenía días acercándose. No me quiso responder. Agarró su morral y se fue corriendo al momento. No lo pude detener.

7 de julio de 1989

Franco volvió. Yo sé que no debo escribir aquí dos veces el mismo día, pero volvió. No sé cómo le hizo, se vino con tres ardillas. Nunca las he preparado. Mi papá nos contó que de niño se las comían asadas, lo vamos a intentar. No se lo he dicho, pero seguro Franco sabe que lo siento y que no le quise gritar. Me estoy desesperando. Tengo miedo. Empiezo a pensar que mi abuela no va a volver, solo que no les digo nada a mis hermanos.

A pesar del olor de las ardillas asándose, los perros salieron corriendo hace un rato, ladrando desesperados. Los escuchamos ladrando a lo lejos hasta que de pronto se callaron. Espero que ya vengan de regreso.

RELATOS DE LA NOCHE

9 de julio de 1989

Hoy maté a la gallina que quedaba. Ramón no dejó de llorar porque se la pasaba jugando con ella. Quién le manda a encariñarse con ella, ¿verdad? Los perros ya no regresaron y Franco se la pasa mirando por la ventana hacia el camino, se sale y se queda viendo hacia los árboles, siempre con una piedrota en cada mano. Está como ido, como perdido entre el enojo y el miedo. Le dije que ya nos fuéramos al pueblo, que nos lleváramos la chiva y la vendiéramos allá. Que buscaríamos la forma de llamar a mis papás. Franco se negó rotundamente, nunca lo había visto así. Dijo que algo estaba esperando que dejáramos la casa y nos adentráramos en el camino.

10 de julio de 1989

Algo se quiso llevar a Ramón en la madrugada. Yo estaba escuchando todo, pero no me podía despertar. Lo escuché llorar y a Franco gritar pidiendo mi ayuda. No sé cómo logré despertarme y vi unos brazos flacos, como quemados, que se metían por la ventana y jalaban a Ramón hacia afuera. Franco les clavaba el cuchillo cebollero de mi abuela una y otra vez, pero parecía no provocarles el menor daño.

Cuando tomé de las piernas a Ramón, Franco tomó el cuchillo con ambas manos y lo clavó tan fuerte en el antebrazo de lo que estaba allá afuera, atravesándolo por completo. Luego lo torció, le dio una vuelta y empezó a jalar por el filo, abriendo poco a poco aquel brazo bajando hacia la mano para salir por entre los nudillos. Aquello allá afuera empezó a chillar, sacó los brazos y luego solo hubo silencio.

No teníamos con qué asegurar la ventana, así que nos metimos los tres debajo de la cama, dejando a Ramón en medio para cuidarlo. El pobre lloró hasta que se quedó dormido. Le dije a Franco que en cuanto amaneciera nos íbamos al pueblo. Me dijo que sí. Ya no había de otra.

Tuve sueños extraños. Detrás de la cortina la silueta de la chiva asomada, luego nada. Muy a lo lejos escuché las voces de mis hermanos. Los escuché gritar mi nombre.

Desperté con la luz del sol pegándome en la cara, se metía por la ventana rota, la cortina ya estaba en el piso. Quise tocar a mis hermanos, a mis espaldas. Ya no estaban ahí. Cuando me di cuenta no podía dejar de llorar. Después de un rato me calmé, pensando que tenía que hacerlo para poder buscarlos. Salí de la casa para ver si encontraba algún indicio que me dijera por dónde se habían ido o hacia dónde se los habían llevado.

Nos dejaron a nuestra chiva muerta en la puerta. Le arrancaron la cabeza a la pobre. Por inercia caminé hasta el arroyo, deseando con todas mis fuerzas encontrar a mis hermanos ahí, llenando los cántaros. Ya estaba casi seco, solo era un camino de humedad y no había rastro de mis hermanitos.

Regresé a casa. Dudé por un momento en bajar al pueblo a pedir ayuda, pero en el fondo sabía que no iba a encontrar a nadie.

Para mi abuela, para mi tío o para mis padres:

Creí escuchar a Ramón hablándome desde los árboles, probablemente está cerca y no he sabido buscar, aunque me habla clarito pidiéndome que lo encuentre. Yo sé que a lo mejor no es él, que no sabe hablar así, pero de igual manera voy a salir al monte a buscarlo. Voy por mis hermanos. Se está haciendo de noche. Les dejo el lápiz sobre esta hoja para que sepan a dónde me fui, cuando alguien vuelva a esta casa y que vayan a buscarnos. No me voy a enojar si leen mi diario.